Secret chez les Cortéz

CLARE CONNELLY

Secret chez les Cortéz

Traduction française de
MARIE BACHÉ

AZUR

HARLEQUIN

Collection : Azur

Titre original :
THE SECRET SHE MUST TELL THE SPANIARD

HARPERCOLLINS FRANCE
83-85, boulevard Vincent-Auriol, 75646 PARIS CEDEX 13
Service Clients — www.harlequin.fr
ISBN 978-2-2804-9935-4 — ISSN 0993-4448

Composé et édité par HarperCollins France.
Imprimé en janvier 2024 par CPI Black Print (Barcelone)
en utilisant 100% d'électricité renouvelable.
Dépôt légal : février 2024.

FSC www.fsc.org MIXTE Papier issu de sources responsables FSC® C159065

Pour limiter l'empreinte environnementale de ses livres, HarperCollins France s'engage à n'utiliser que du papier fabriqué à partir de bois provenant de forêts gérées durablement et de manière responsable.

1

— Je suis vraiment désolée… je…

Les mots d'excuse qu'Alicia Griffiths allait formuler moururent sur ses lèvres à mesure qu'elle levait la tête et découvrait un large torse, un cou bronzé et un visage qui restait gravé au fond de sa mémoire.

Bien que dix années se soient écoulées, elle n'avait aucun doute sur l'identité de l'homme qui se tenait devant elle.

Graciano Cortéz.

Elle crut que le sol allait se dérober sous ses pieds. Incapable de prononcer un mot de plus, elle tira nerveusement sur la chaîne en or qu'elle portait au cou.

— Bonjour, Alicia.

La surprise de Graciano était évidente mais il parut se reprendre plus vite qu'elle. Ses yeux d'obsidienne la balayèrent du regard. D'abord son visage, de la pointe de ses cheveux pâles à ses yeux verts écarquillés et à ses lèvres, puis plus bas, jusqu'au décolleté de sa robe en soie.

Alicia était déjà sur les nerfs. Ce gala de charité, le plus important qu'il lui ait été donné d'organiser, lui avait demandé beaucoup de travail. Mais le fait de voir Graciano acheva de la déstabiliser.

— Que fais-tu là ? s'exclama-t-elle.

Elle n'avait pas consulté la liste des invités depuis deux jours. Une fois tous les billets vendus, elle s'était contentée de vérifier que les habituels donateurs étaient bien inscrits mais elle aurait remarqué le nom de Graciano, ce qui signifiait qu'il avait été ajouté au dernier moment.

— Je croyais que nous étions dans un pays libre, répliqua-t-il d'un ton ferme mais moqueur.

En entendant cette voix si familière, elle ne put réprimer un frisson. Cet homme avait toujours eu sur elle un effet dévastateur. Et c'était pire depuis qu'il était devenu le père de sa fille, Annie. Un enfant dont il ne savait rien, car il avait empêché Alicia de le contacter après cette horrible matinée à Séville qui lui avait brisé le cœur.

— Tu es venu ici pour me voir ? demanda-t-elle, troublée par cette apparition soudaine après dix ans d'absence.

Mon Dieu, était-il au courant pour Annie ? Et s'il voulait la lui enlever ? Alicia pâlit à cette pensée.

— Pour quelle raison aurais-je envie de te voir, Alicia ?

Bien que soulagée à l'idée qu'il ne sache rien, elle fut blessée par son ton méprisant.

La dernière fois qu'elle avait vu Graciano, celui-ci avait dix-huit ans et il avait déjà plus de détermination que la plupart des adultes qu'elle connaissait. Il devait donc y avoir une raison à sa présence ce soir.

— À toi de me le dire, répondit-elle en jetant un rapide coup d'œil à la scène vers laquelle elle devait se diriger.

— Aucune raison, déclara Graciano, les lèvres pincées. Il y a dix ans, j'ai juré que tu étais la dernière personne que je voulais voir, et mon opinion n'a pas changé.

Alicia tressaillit face à la froideur de son ton. Les paroles de son père ce matin-là à Séville et ce dont il avait accusé Graciano la hantaient encore. Combien de nuits avait-elle rêvé d'avoir agi autrement ? De s'être interposée ? Au lieu de cela, elle avait regardé en silence l'homme qu'elle aimait se faire malmener, puis renvoyer comme un malpropre. Ensuite, elle avait essayé en vain de s'expliquer auprès de lui ou de lui parler de l'enfant qu'ils avaient conçu.

Graciano avait totalement effacé Alicia de sa vie, et elle ne pouvait l'en blâmer.

— C'était il y a si longtemps, dit-elle doucement.

— En effet. Maintenant, si tu veux bien m'excuser, on m'attend, ajouta-t-il en jetant un regard par-dessus son épaule.

Sans pouvoir s'en empêcher, Alicia se retourna et aperçut une rousse plantureuse sortir des toilettes pour dames et s'avancer vers eux d'une démarche chaloupée.

— Graciano, j'aimerais... murmura Alicia.

Que pouvait-elle ajouter d'autre ? Elle avait essayé de lui parler d'Annie mais, à mesure qu'il gagnait en notoriété, il était devenu impossible à contacter. Alicia avait fini par se faire à l'idée que, même si elle lui avait avoué la vérité au sujet de leur enfant, il n'en aurait eu que faire. Mais maintenant, il était juste en face d'elle. Elle n'avait plus le choix.

Mais ensuite, qu'arriverait-il ?

Et si cela générait un conflit pour la garde de leur fille ? Graciano était si riche et puissant à présent...

Il attendait qu'elle poursuive et, malgré son attitude désinvolte, elle devina qu'il était aussi tendu qu'elle.

— Pourrions-nous prendre un verre un peu plus tard ? se risqua-t-elle à demander.

Elle était terrifiée à l'idée de ce qu'elle avait à lui annoncer mais, au fond, elle savait que c'était la bonne chose à faire. Et puis après tout, la dette qu'elle avait envers Graciano avait été réduite à néant par le refus de ce dernier de prendre ses appels, puis par le fait qu'il ait changé de numéro pour s'assurer qu'elle ne cherche plus à la contacter.

— Non.

Son rejet catégorique la glaça sur place. Alicia n'avait pas prévu cette réponse implacable.

— Donne-moi seulement dix minutes de ton temps.

— Cela fait longtemps que je n'ai pas ressenti l'envie de te donner quoi que ce soit, répliqua-t-il et elle sut alors avec certitude qu'il lui en voulait toujours.

Pas étonnant. Le père d'Alicia l'avait réprimandé pendant trente minutes, le couvrant de toutes les insultes imaginables tandis qu'elle se tenait à côté de lui, silencieuse donc complice. Elle se souvenait encore du visage de Graciano quand il s'était tourné vers elle. Elle savait qu'il s'était attendu à ce qu'elle le défende et qu'elle explique à son père qu'il ne s'agissait nullement d'une agression sexuelle mais d'une relation consentie. Mais Alicia n'avait pas osé subir les foudres de son père. Elle avait choisi de se protéger aux dépens de tout. Y compris de lui.

Et, pour un homme fier comme Graciano, qui avait été maltraité et abandonné presque toute sa vie, cette trahison était impardonnable.

— S'il te plaît, insista-t-elle à voix basse.

Il plongea ses yeux dans les siens et elle ressentit des picotements à travers tout le corps. Mais, alors que la rousse était sur le point de les rejoindre, Alicia recula d'un pas. Si Graciano était là ce soir, cela signifiait qu'il avait laissé ses coordonnées à son assistante. Elle pourrait le rappeler plus tard.

— Peu importe, fit-elle en secouant la tête. Cela n'a pas d'importance.

Une mèche de cheveux blonds tomba devant son visage et elle les repoussa de la main, consciente que les yeux brûlants de Graciano n'avaient rien perdu de son geste.

Il inclina la tête en signe d'acquiescement et, avant qu'Alicia ne puisse ajouter un mot, il se tourna vers la femme rousse, glissa une main autour de sa taille et l'entraîna vers la salle de bal.

Alicia resta immobile dans un état de confusion totale.

La porte de son passé venait de s'ouvrir, et elle n'avait d'autre choix que de la franchir.

Peu de choses avaient le pouvoir de surprendre Graciano Cortéz. Dix ans après avoir été chassé de la maison d'Alicia

Griffiths, il avait cru qu'il ne reverrait jamais la jeune femme. Il s'était convaincu qu'elle n'avait plus de pouvoir sur lui et qu'il était hors de sa portée. Qu'elle était morte à ses yeux.

Pourtant, alors qu'elle se tenait sur la scène devant lui, un éclair de reconnaissance lui traversa le corps. Le même que celui qui lui avait coupé le souffle dans le couloir quelques instants plus tôt.

Dix ans auparavant, au cours d'un été, il avait cru trouver ses marques auprès de quelqu'un qui l'acceptait tel qu'il était et qui l'aimait. Alicia l'avait fait sourire, rire, et elle lui avait redonné confiance en lui. Toutes ces choses qu'il croyait éteintes et que la jeune femme avait ramenées à la vie. Avec patience et détermination. Graciano avait construit son bouclier brique par brique et il avait essayé de s'y accrocher face à l'attention qu'elle lui portait, mais, petit à petit, elle avait fait tomber sa garde.

L'amertume l'envahit tandis que les souvenirs de ce matin dévastateur lui martelaient le cerveau.

« Tu ne vaux rien. Tu n'es qu'une racaille de la rue et tu le resteras. Toujours. Maintenant, déguerpis de chez moi avant que j'appelle la police. »

Même aujourd'hui, après tout ce temps, la simple évocation de ce moment avait la capacité d'emplir sa bouche d'un goût métallique.

Edward Griffiths l'avait jeté dehors sans ménagement et Alicia avait regardé, silencieuse, choisissant de mentir à son père plutôt que de lui avouer qu'ils étaient...

Non. Ils n'étaient pas amoureux. Ce n'était pas ça. Graciano l'avait cru à l'époque mais alors, il n'était qu'un adolescent stupide à la recherche de ce qui n'existait pas.

Ce n'était qu'une question de désir, de plaisir et de tentation. Graciano avait voulu Alicia parce qu'il ne pouvait pas l'avoir. L'amour n'était pas le sujet. Quant à la jeune femme, elle avait laissé son père l'accuser de viol et le jeter à la rue. Il se souvint de la façon dont elle s'était rapprochée d'Edward et avait glissé la main au creux de son bras. Silencieuse.

Elle avait trahi Graciano.

Et celui-ci avait beaucoup appris de cette leçon. Depuis, il tenait les gens à distance, comme si sa vie en dépendait.

Il serra les dents, parfaitement immobile en la voyant s'avancer vers le micro, un sourire tendu au coin des lèvres.

Était-elle émue à cause de lui ?

— Bonsoir, dit-elle en balayant la foule du regard.

Était-ce lui qu'elle cherchait ?

Avec les années, elle était devenue plus féminine et sophistiquée. Son allure était moins espiègle que celle de la jeune fille de seize ans qu'elle avait été. Ses cheveux autrefois bouclés étaient toujours aussi clairs mais désormais lisses et rassemblés en une élégante queue-de-cheval. Son maquillage était impeccable. À l'époque où il la connaissait, Alicia n'en portait guère. Son père ne l'aurait jamais permis.

Elle était belle, sans l'ombre d'un doute, mais elle l'avait toujours été. Malgré la haine qu'il éprouvait, Graciano sentit monter en lui un désir ancien et puissant. Le même désir qui lui avait donné envie de la toucher tout à l'heure pour balayer les cheveux qui tombaient sur son visage. Il aurait laissé ses doigts glisser le long de la joue d'Alicia jusqu'à ses lèvres pour sentir son souffle tiède. Il étouffa un juron.

Dix ans s'étaient écoulés et, depuis, Graciano avait connu suffisamment de femmes pour savoir comment satisfaire les désirs de son corps. Mais là, c'était différent.

Il ne désirait pas seulement Alicia.

C'était bien plus sombre que cela.

Il ressentait un besoin impérieux de lui rappeler ce qu'ils avaient partagé avant que le père d'Alicia ne le détruise.

Pour lui faire admettre que cela avait eu un sens.

Edward Griffiths l'avait blessé sans aucun doute, mais c'était la trahison d'Alicia qui l'avait brisé. La jeune femme avait agi comme s'il ne représentait rien pour elle, comme s'il n'avait pas d'importance.

— Merci à tous d'être venus, débuta Alicia, face au micro.

Sa voix tremblait légèrement. Était-ce le fait de l'avoir revu qui la troublait ainsi ?

— C'est la quatrième fois que j'ai le privilège d'organiser la vente aux enchères annuelles de McGiven House mais la première à laquelle je participe, ajouta-t-elle avec une grimace ironique, retrouvant son assurance à mesure qu'elle s'exprimait.

La foule applaudit à tout rompre et elle leva les mains en signe d'apaisement.

Graciano la fixa en silence, ignorant totalement les personnes présentes à sa table, y compris sa compagne dont il ne se rappelait même plus le prénom en cet instant.

— N'ayez crainte, je ne serai pas la maîtresse de cérémonie pour cette soirée, ajouta Alicia avec un petit rire doux qui fit jaillir des étincelles au creux du ventre de Graciano.

Ce rire l'avait effleuré, l'avait taquiné, nargué et rendu fou de désir.

« Pourrions-nous prendre un verre un peu plus tard ? »

Il serra les poings sous la table.

Quand l'invitation avait jailli des lèvres d'Alicia, il avait été si tenté d'accepter qu'il y avait opposé un refus immédiat et catégorique.

Graciano pencha la tête, le cœur battant, et il devina que sa compagne lui lançait un regard curieux. Une leçon qu'il avait apprise il y a longtemps lui revint à l'esprit. Ne jamais révéler ses sentiments. Ne pas dévoiler ses cartes quoi qu'il arrive.

Ne leur laisse jamais savoir que tu souffres.

Il se redressa, une détermination nouvelle dans les yeux, et se concentra sur la scène avec l'intensité d'un rayon laser. La vente aux enchères débuta. Les sommes atteintes par chaque lot étaient impressionnantes, reflétant à la fois la valeur des listes et le bien-fondé de la cause : McGiven House offrait un hébergement de répit aux personnes fuyant les violences domestiques. Un thème qui tenait particulièrement à cœur à Graciano. D'ailleurs, il avait déjà fait des dons de plusieurs millions de livres à des associations caritatives de ce type. Mais cela lui semblait toujours insuffisant.

Tant qu'il n'aurait pas oublié ce que c'était que de se coucher, affamé et effrayé, il n'aurait jamais le sentiment d'en avoir fait assez.

À mesure que la soirée se déroulait, Graciano s'efforça de répondre aux questions qu'on lui posait, mais toute son attention était focalisée sur le dernier lot qui serait présenté – Alicia elle-même –, et une idée insensée prit forme dans son esprit.

Alors qu'il la regardait charmer l'assistance avec sa grâce naturelle, il ne pensait qu'à ce qu'elle lui avait fait subir.

Habituellement, Graciano ne prenait jamais de décision impulsive. Mais en cet instant, sa soif de vengeance et son besoin de représailles l'emportaient sur toutes ses convictions. Dix ans auparavant, Alicia avait détruit sa confiance et, même s'il était passé à autre chose et s'était construit une vie brillante, la blessure qu'elle lui avait infligée continuait à répandre son poison. Il cherchait un exorcisme à ce maléfice.

Le destin les avait à nouveau réunis et il ne laisserait pas passer cette occasion.

Alicia Griffiths serait à lui et il lui ferait regretter amèrement de s'être débarrassée de lui comme d'un déchet.

— Rappelle-moi pourquoi je t'ai laissée m'entraîner là-dedans ? murmura Alicia à son assistante en lui jetant un regard suppliant, au moment où l'avant-dernier lot de la vente faisait l'objet d'une guerre d'enchères frénétique.

C'était déjà assez angoissant, avant même qu'elle ne sache que Graciano faisait partie des invités...

— Parce que tu es la personnification même de l'altruisme, répliqua Connie en lui lançant un clin d'œil.

— Je suis peut-être altruiste en coulisses mais me vendre aux enchères, c'est un peu exagéré, non ?

— Premièrement, c'est ton expérience d'organisatrice d'événements que tu mets aux enchères, pas toi. Deuxièmement, il est trop tard pour faire marche arrière. Je suis sûre que Maude Peterson veut t'engager pour le mariage de sa petite-fille. D'ailleurs, elle a déjà son chéquier à la main.

Alicia haussa un sourcil.

— Un mariage ?

— Oui. Une cérémonie très coûteuse dans la campagne anglaise avec une liste d'invités fortunés qui feraient tous d'excellents donateurs pour notre organisation caritative, souligna Connie.

— Je ne me vois pas solliciter des dons lors d'un mariage...

— Non, mais comme Maude est une vraie pipelette, elle ne manquera pas de nous faire de la publicité.

— Tu as raison, admit Alicia en se forçant à sourire.

Elle balaya du regard l'assemblée en sentant un vent de panique la gagner. L'idée que Graciano soit là, en train de l'observer, lui faisait un effet étrange.

Son cœur s'emballa lorsque le commissaire-priseur fit tomber son marteau.

Ses yeux se portèrent sur l'écran au fond de la scène et elle fut stupéfaite du montant que le dernier lot – un voyage en première classe à New York offert par une superstar du football – avait atteint. Cerise sur le gâteau, le joueur proposait d'accueillir les gagnants à dîner dans sa propre maison. Tout le monde y mettait du sien, et maintenant c'était au tour d'Alicia.

Au fond, prendre une semaine de congé annuel pour organiser un événement mondain n'était pas une tâche si ingrate que cela. Et ce serait rafraîchissant de mettre ses compétences au service d'autre chose que des dîners de charité ou des ventes aux enchères.

Le commissaire-priseur entreprit de présenter Alicia en lisant la biographie que Connie lui avait fournie.

— Alicia Griffiths est un nom connu de tous dans l'événementiel. Depuis son arrivée il y a quatre ans chez McGiven House, les revenus de l'association ont plus que triplé et Alicia a contribué à sa popularité. Cela a permis de venir en aide à un nombre considérable de personnes. Avant de rejoindre cette maison, Alicia a travaillé pour la famille royale en tant que responsable du protocole et des événements. Aujourd'hui, son expérience et ses compétences sont à votre disposition. Alicia offre généreusement une semaine de son temps pour organiser n'importe quel événement que vous lui confierez, qu'il soit professionnel ou personnel. Son travail ne sera limité que par votre imagination.

L'homme se tourna vers les coulisses.

— Alicia, voulez-vous me rejoindre sur scène ?

Celle-ci s'avança, le ventre noué et les jambes tremblantes. Graciano était là quelque part, et elle imaginait son regard sombre fixé sur elle.

Elle prit place aux côtés du commissaire-priseur, soulagée d'être éblouie par les puissants spots qui l'empêchaient de distinguer les visages dans la foule.

— Je vous propose de commencer les enchères à dix mille livres !

Et si personne n'enchérissait ? Mon Dieu, Graciano serait là pour assister à son embarras…

— Dix mille !

Alicia reconnut la voix de Maude et elle inclina la tête en souriant. Manifestement, le mariage de sa petite-fille comptait beaucoup pour cette grand-mère. L'espace d'une seconde, Alicia ressentit une douleur familière, comme à chaque fois qu'elle était confrontée à l'amour qu'une personne éprouvait pour sa famille. Comme ça devait être agréable d'avoir quelqu'un qui se bat pour vous... De son côté, Alicia combattait plutôt les siens. Être une mère célibataire, même d'une petite fille merveilleuse, n'était pas une promenade de santé.

Le commissaire-priseur se pencha sur son pupitre.

— Nous disons donc dix mille livres.

— Quinze mille ! s'écria une voix de femme qu'Alicia ne reconnut pas.

Avant même que l'homme à ses côtés ne puisse répondre, Maude se joignit à la mêlée.

— Vingt mille !

Puis une autre voix, masculine cette fois et plus âgée.

— Vingt-cinq !

Alicia lança un regard étonné en direction de Connie dans les coulisses. Cet emballement n'était pas prévu.

— Trente !

Encore Maude.

— Trente-cinq !

L'autre voix féminine.

— Cinquante ! s'écria Maude, et Alicia imagina l'expression déterminée que devait afficher le visage de la vieille dame.

— Nous avons cinquante mille livres pour une semaine de travail d'Alicia Griffiths, déclara le commissaire-priseur.

Alicia enfonça ses ongles dans les paumes de ses mains. Elle allait devoir sortir le grand jeu pour ce fichu mariage. Les colombes, les arcs-en-ciel et tout le tintouin. Il faudrait que ce soit parfait.

Le sourire aux lèvres et le cœur battant, elle balaya du regard l'assemblée mais les lumières étaient trop vives pour qu'elle puisse reconnaître quiconque. Pourtant, elle savait qu'il était là et, à cette pensée, tout son corps était en feu.

— Cinquante mille livres, une fois ! déclama le commissaire-priseur en marquant une pause sans que ce soit vraiment nécessaire.

Personne ne mettrait un centime de plus pour s'offrir les services d'une organisatrice d'événements.

— Deux fois.

Alicia retint son souffle. Le silence était complet dans la salle. Alors qu'elle attendait que le marteau retombe pour clore la vente et pouvoir se réfugier en coulisses, une voix grave et profonde retentit, et elle eut le sentiment de sombrer dans un gouffre.

— Cinq cent mille livres.

Le silence fit place à des murmures de surprise. Alicia porta la main à sa bouche. Elle avait instantanément reconnu la voix. Son cœur s'emballa dans sa poitrine et elle se tourna vers le commissaire-priseur qui rayonnait de plaisir.

— Juste pour être sûr d'avoir bien entendu… vous avez dit, cinq cent mille livres, monsieur ?

— Oui.

Alicia se tourna vers la foule, suppliant en pensée Graciano de revenir sur son offre. En vain.

Le marteau s'abattit sur le pupitre, et elle tressaillit.

— Cinq cent mille livres, adjugé ! Eh bien mesdames et messieurs, quelle soirée exceptionnelle ! Ceux d'entre vous qui ont eu la chance d'acquérir un objet ou une personne, ajouta-t-il en souriant à l'adresse d'Alicia, sont priés de laisser leurs coordonnées et leur règlement au guichet administratif. Vous pourrez récupérer vos achats dès lundi matin.

Les nerfs en feu, Alicia faisait les cent pas près du guichet tandis que les acquéreurs venaient signer leur contrat, s'engageant à payer la somme qu'ils avaient avancée.

Cinq cent mille livres ? À quoi avait-il bien pu penser ?

Ses yeux parcoururent la foule à la recherche de Graciano. Peut-être arriverait-elle à le faire changer d'avis ?

— C'est sûrement une erreur, dit-elle à Connie en s'approchant du guichet. Je ne peux pas… c'est… Nous devrions aller voir si Maude est toujours d'accord pour payer.

— Ce ne sera pas nécessaire, résonna une voix basse dans son dos.

Elle pâlit et se figea, incapable d'esquisser le moindre mouvement.

— Bonsoir, monsieur. Êtes-vous l'heureux gagnant des services de Mlle Griffiths ?

Alicia avait à peine entendu la question de Connie tant ses oreilles bourdonnaient.

— Oui.

— Formidable. Puis-je avoir votre nom, s'il vous plaît ?

Alicia se retourna lentement pour faire face à l'homme qui venait d'offrir une somme exorbitante pour acheter ses services pendant une semaine.

— Voici Graciano Cortéz, Connie, murmura-t-elle d'une voix faible tandis que mille pensées tourbillonnaient dans sa tête.

Les yeux de Graciano croisèrent les siens brièvement et elle détourna le regard aussitôt. Elle devait à tout prix se ressaisir. Ce ne fut qu'au prix d'un effort surhumain qu'elle parvint à arborer un masque impassible.

— Je vois que vous vous connaissez, fit Connie.

Alicia s'empressa de contester cette affirmation.

— Nous avons juste passé du temps ensemble il y a de nombreuses années.

Il lui semblait important de distinguer le passé du présent. Elle ignora l'air moqueur qui s'afficha sur les traits de Graciano.

— Vous avez donc un événement à organiser ? demanda-t-elle d'un ton froid en se tournant vers lui.

Elle le vouvoyait à dessein. Cette distance lui semblait salvatrice.

— C'est exact, répondit-il en plissant les yeux imperceptiblement.

— Très bien. Vous pouvez laisser vos coordonnées à mon assistante. Je vous contacterai dès que le paiement aura été effectué.

— J'ai besoin que vous commenciez dès lundi.

— Lundi ? s'exclama Alicia en oubliant momentanément qu'elle devait rester imperturbable. Pourquoi si tôt ?

— Cet événement doit avoir lieu à la fin du mois.

— Pourquoi ne pas l'avoir organisé avant ?

— Je ne pensais pas que, pour ce montant, j'avais également droit à un interrogatoire. Pouvez-vous vous en charger, oui ou non ?

Alicia adressa un regard incrédule à Connie et elle surprit une lueur amusée dans les yeux de son assistante.

— Tu as deux réunions prévues mais je peux les repousser d'une semaine...

Ce n'était pas la réponse qu'attendait Alicia.

— Comment vous appelez-vous ? demanda Graciano en se tournant vers le guichet.

— Connie.

— Eh bien, Connie, mon assistante vous enverra un plan de voyage demain matin. J'ai besoin des services de Mlle Griffiths pour cinq nuits. Son vol partira lundi à la première heure.

— Attendez une seconde, intervint Alicia.

Elle avait besoin de retrouver son souffle. L'espace d'un instant, elle eut à nouveau seize ans, quand tous ses espoirs, ses désirs et ses rêves étaient centrés sur cet homme et que la réalité de la vie l'avait séparée de lui. Aurait-elle pu imaginer à l'époque qu'ils se parleraient un jour aussi froidement ?

Pendant un temps, elle avait eu le sentiment qu'il était une partie d'elle-même. Mais ce n'avait été qu'un rêve d'enfant. Rien de plus.

— Vous ne vous attendez pas sérieusement à ce que j'aille en Espagne avec vous ? Je peux très bien travailler depuis mon bureau à Londres...

— Non, répondit Graciano d'un ton déterminé. L'événement doit avoir lieu sur mon île, tout comme son organisation. Vous devez voir l'endroit de vos propres yeux. Si vous voulez mon argent, ce sera à mes conditions.

Alicia le regarda, stupéfaite.

— Monsieur Cortéz, commença Connie. Ce n'est pas ainsi que nous procédons habituellement...

— Le montant de ma donation n'est pas habituel, répliqua-t-il avec l'assurance d'un homme qui sait qu'il a raison. C'est le marché. À prendre ou à laisser.

Toutes les fibres du corps d'Alicia voulaient qu'elle rejette la proposition de Graciano et qu'elle lui dise d'aller au diable. Une semaine dans son île ? Elle n'était pas stupide. Mais elle avait déjà calculé mentalement combien de familles ce don d'un demi-million de livres pourrait aider. Jamais elle ne renoncerait à une telle opportunité pour l'organisation caritative. Une vague d'amertume l'envahit. Elle confierait Annie à Diane. Cette dernière travaillait encore à temps partiel mais elle accepterait tout de suite de lui rendre ce service. Avec le temps, Diane était devenue une mère, ou plutôt une grand-mère pour Alicia. La seule personne sur qui elle pouvait vraiment compter.

Ce serait un déchirement d'être loin d'Annie pendant cinq jours. Depuis sa naissance, elles ne s'étaient jamais séparées plus d'une nuit. Mais Annie n'était plus un bébé. À neuf ans, la petite fille se rêvait déjà adolescente. Il faut dire que ses jambes devenaient incroyablement longues et minces, et ses cheveux tombaient jusqu'à sa taille, sauvages comme ceux d'Alicia l'avaient toujours été, mais noirs et non pas blonds comme ceux de sa mère.

Elle était à présent une fillette confiante et appréciée de tous, qui adorait l'école et s'exprimait avec la maturité d'une enfant beaucoup plus âgée. Annie se débrouillerait sans problème sans Alicia pendant ces quelques jours. À cette pensée, celle-ci ressentit une pointe de douleur.

Elle vit Graciano sortir son téléphone de sa poche.

— Si j'ai votre accord, je procède au virement immédiatement.

Comment avait-il pu devenir aussi ridiculement riche ?

Un souvenir de lui, à l'époque, se forma dans l'esprit d'Alicia, aussi clair que s'il s'agissait d'une photographie : Graciano portait des baskets délabrées, un vieux jean et un T-shirt ample. Même avec ces fripes, il avait toujours eu de la classe et de l'assurance. La question n'était pas de savoir comment il avait fait fortune mais pourquoi elle avait douté de lui.

— Alicia ?

Connie fronça les sourcils en direction de sa patronne.

— C'est d'accord, fit celle-ci en employant un ton professionnel. Merci pour votre don très généreux, monsieur Cortéz.

Graciano ne dit rien mais ses lèvres esquissèrent un sourire empreint de dérision. Ses lèvres qui avaient parcouru le corps d'Alicia, goûté sa chair la plus intime, taquiné ses seins, laissé des cercles violets sur sa peau là où il l'avait sucée jusqu'à la faire crier de bonheur. Elle rougit à l'évocation de ces pensées et détourna le regard.

— Connie s'occupera des formalités, reprit-elle. Si vous voulez bien m'excuser. Je dois m'entretenir avec quelqu'un.

— Tu pars vraiment en Espagne ? Pour une semaine ?

Impossible d'éviter le regard curieux et intelligent d'Annie. Une vague de culpabilité inavouable s'empara d'Alicia en regardant cette petite fille qui ressemblait tant à son père Un père qu'elle n'avait jamais connu et qui avait clairement fait savoir qu'il ne voulait plus jamais entendre parler de sa mère.

Jusqu'à hier soir.

Alicia était déconcertée et terrifiée à la fois. Car ce choix qu'elle avait fait à seize ans, alors qu'elle était seule et abandonnée, était soudain mis en lumière, remettant en question ses certitudes.

Elle avait essayé d'en parler à Graciano, se répétait-elle pour se rassurer. Mais le fait d'avoir porté son bébé et de l'avoir élevé seule dans le secret pendant neuf ans lui apparaissait désormais comme un crime. Une trahison.

— Maman ?

Maman. Le cœur d'Alicia se serra. Annie n'était pas si grande, finalement.

Retenant les larmes qui menaçaient de jaillir de ses yeux, elle se tourna vers sa fille bien-aimée. Annie était allongée dans le petit lit rose de sa chambre d'enfant, à l'étage du modeste appartement qu'elles occupaient.

— Eh bien ma chérie, mon travail est censé durer cinq nuits mais je vais faire de mon mieux pour rentrer à la maison plus tôt. Tu crois que ça va aller ?

Annie fronça le nez et se blottit plus profondément sous la couette.

— Tu sais que Didee me laisse manger de la glace après le dîner quand tu n'es pas là ?

Alicia eut un petit rire attendri.

— C'est pour ça qu'il n'y en a plus dans le congélateur à chaque fois que je regarde ?

— Non, c'est parce qu'elle en mange deux bols entiers à elle toute seule, corrigea sa fille. Ça ressemble à quoi, l'Espagne ?

Alicia ferma les yeux une seconde, envahie par des images de soleil, d'oranges tièdes cueillies à même les arbres, de rivières cristallines, de collines verdoyantes, de musiques envoûtantes et de gens chaleureux. Elle se rappela Graciano tel qu'elle l'avait vu, le jour où il était arrivé chez elle, le corps maigre et le regard sombre. Il était si froid et silencieux qu'elle n'avait pu s'empêcher de vouloir le faire sourire.

— C'est magnifique, répondit Alicia d'une voix brisée par la nostalgie.

— Combien de temps as-tu vécu là-bas ?

— Cinq ans. Nous sommes arrivés juste après le décès de ma mère. Ta grand-mère.

— Vous habitiez où ?

— Ton grand-père avait une propriété à l'extérieur de Séville. Il était pasteur et tenait une mission rattachée au temple qui s'occupait des enfants des rues.

— Est-ce que tu vas à Séville demain ?

— Pas cette fois.

— Tu ne vas voir ton père ?

Alicia refoula une bouffée de colère.

— Non, ma chérie. Je ne crois pas.

Elle avait pris soin dès le départ de ne pas exprimer son ressentiment envers le pasteur mais, à mesure que sa fille grandissait et devenait curieuse, cela s'avérait de plus en plus difficile. Alicia savait qu'un jour viendrait où elle devrait lui expliquer la vérité sur la façon dont Edward Griffiths l'avait rejetée. Tellement déçu qu'elle se soit retrouvée enceinte à seize ans qu'il avait refusé de vivre sous le même toit qu'elle.

« Tu es mon plus grand échec, Alicia. »

Un jour, Annie saurait que son grand-père, homme de foi admiré et respecté, avait menacé de porter plainte contre Graciano si Alicia lui adressait à nouveau la parole.

« Ce garçon de la rue, sans famille, a abusé de toi dans ma maison. Aucun policier ou juge ne le croira. Il mérite de pourrir en prison pour cela. Si tu lui parles, je ferai en sorte que cela arrive. »

— Pourquoi pas ? insista Annie, faisant revenir Alicia brutalement à la réalité.

— Parce que je vais travailler, et que je n'aurai qu'une envie, c'est finir le plus vite possible pour te retrouver, fit-elle en se penchant pour déposer un baiser sur le front de sa fille. Di viendra te chercher à l'école demain et moi, je serai là pour ton match de football samedi, d'accord ?

— On joue contre Ridgehaven.

— Je sais, dit Alicia en se levant.

— Ils sont très forts.

— Oh mais vous l'êtes aussi ! Dors, ma chérie. On se voit demain matin.

Les yeux de Graciano suivaient le mouvement des vagues comme pour trouver un sens à leur rythme. Comme si les profondeurs de la mer pouvaient l'aider à y voir plus clair dans le marasme de sa vie. En vain.

Les questions qui le tourmentaient habituellement tourbillonnaient dans son esprit et l'une, centrale, le hantait sans répit : où était son frère ?

Il repensa aux multiples pistes déjouées, aux espoirs suscités puis anéantis, à la certitude grandissante qu'il était seul sur cette terre. Que toute sa famille était perdue à jamais.

Il avait fini par accepter cette réalité.

Mais le fait de revoir Alicia avait tout ravivé, le replongeant dans une époque où il avait espéré trouver une nouvelle famille, où son cœur avait commencé à s'ouvrir.

Avant de se refermer définitivement.

Pendant la vente de charité, l'idée d'inventer un événement à organiser lui était venue spontanément. Dès qu'il avait revu la jeune femme, il avait su que c'était l'occasion ou jamais de lui faire regretter la façon dont elle l'avait traité.

Depuis quelque temps, Graciano pensait à nouveau à son frère et à ses parents. À une enfance qui scintillait à l'horizon comme un rayon de soleil chaud et insaisissable. Le rire de sa mère, la voix de son père, la main de son frère, glissée dans la sienne quand ils traversaient la route pour aller à l'école.

Il avait été aimé, et avait aimé profondément. Puis il avait tout perdu, dans les circonstances les plus horribles qui soient. Graciano se souvenait avec précision du bruit de métal froissé lorsque leur voiture avait été percutée et poussée contre la rambarde sur le côté de la route.

Il ferma les yeux, refoulant ces souvenirs.

Graciano était un être pragmatique. Il n'avait pas la capacité de retrouver son frère. Ni de sauver ses parents. Mais il était immensément riche et il pouvait au moins compter sur cela pour réparer une erreur de son passé : faire payer à Alicia la blessure qu'elle lui avait infligée.

Et cette vengeance-là, il avait l'intention de la savourer.

2

Alicia fut soulagée que Graciano ne soit pas présent à l'aéroport de Londres le lundi matin quand elle s'y présenta. De là, un jet privé extrêmement luxueux la déposa sur une piste d'atterrissage à Valence, où un hélicoptère l'attendait. Elle survola ensuite la mer des Baléares jusqu'à un archipel situé non loin de l'Espagne continentale.

L'hélicoptère se rapprocha de la plus grande des six îles qui le composaient. Une forêt vierge luxuriante occupait la partie est mais la partie ouest était beaucoup plus aménagée. À travers le hublot, Alicia aperçut un terrain de golf, ainsi qu'un grand manoir en pierres blanches avec une cour centrale débordant de vignes. Des maisons plus petites étaient réparties à distance du manoir mais reliées à lui par des routes pavées. Le domaine comptait deux piscines mais l'attention d'Alicia fut attirée par la plage de sable blanc et la mer turquoise qui scintillait de mille feux. Comme elle aurait aimé pouvoir plonger sous la surface de ces eaux cristallines.

Depuis combien de temps n'avait-elle pas pris de vacances ? Pour les quatre ans d'Annie, elles étaient toutes deux allées passer un week-end merveilleux en Cornouailles. Alicia sourit en se rappelant les glaces et les *fish and chips* qu'elles avaient dévorés en les partageant avec des dizaines de mouettes affamées. Mais le séjour avait été court et peu exotique. On ne pouvait pas parler de vacances à proprement parler.

Alicia secoua la tête. Elle était là pour le travail et, surtout, bien qu'elle ignorât la raison pour laquelle Graciano avait tenu à ce qu'elle vienne, elle ne devait pas oublier le passé.

La question de leur enfant la hantait sans répit et elle savait qu'elle devrait lui en parler. Mais comment s'y prendre avec cet homme si déroutant ?

L'hélicoptère se posa sur une aire pavée reliée au manoir par un chemin bordé de part et d'autre d'arbres fruitiers en espalier. Graciano se tenait au centre de l'allée, bras croisés et visage fermé. S'il n'avait pas payé si cher son expertise et insisté pour qu'elle vienne sur cette île, Alicia aurait juré qu'il lui en voulait de sa présence.

À travers la vitre teintée de l'habitacle, elle l'observa discrètement. Le temps les avait changés tous les deux mais elle craignait que cela soit plus en faveur de Graciano. À dix-huit ans, il était un grand jeune homme trop maigre en raison de sa vie dans la rue et du fait qu'il était sous-alimenté. Malgré cela, elle l'avait trouvé magnifique, mais ce n'était rien comparé à ce qu'il était devenu. Il s'était étoffé avec les années et était plus puissant que jamais. Alicia connaissait suffisamment les vêtements de marque pour deviner que ceux qu'il portait étaient luxueux sans être tape-à-l'œil. Elle savait que Graciano se souciait peu de son apparence. Il était trop viril pour cela, trop accaparé par d'autres priorités que le paraître. Quoi qu'il en soit, il était le plus bel homme qu'elle eût jamais vu.

Le cœur d'Alicia bondit dans sa poitrine en se remémorant les circonstances de leur rencontre. Un orage d'été avait traversé Séville alors qu'elle lisait dans la véranda. Terrifiée par la violence d'un éclair, elle avait poussé un cri et Graciano, qui taillait des arbres fruitiers dans le jardin, l'avait entendue. Il avait ouvert la porte de la véranda et la foudre s'était abattue au même moment derrière lui. Mais Alicia n'avait plus peur.

Toute son attention était focalisée sur le garçon qui se tenait sur le seuil. Il portait de vieux souliers, un short et un débardeur qui lui tombait sur les hanches. Mais rien de tout cela n'avait d'importance. Elle avait regardé, fascinée, son visage à la mâchoire carrée et aux pommettes anguleuses. Des poils couvraient son menton et ses yeux étaient du brun le plus foncé qu'elle eût jamais vu, bordés d'épais cils noirs que la pluie rendait encore plus spectaculaires. Il avait passé une main pour repousser ses cheveux trempés, dévoilant un front haut et fascinant.

— Qui es-tu ? s'était-elle exclamée.

— Graciano. Es-tu blessée ?

Cela lui ressemblait tellement. Il s'était concentré sur les informations qu'il voulait obtenir. Il avait pris le contrôle, même à l'époque, alors qu'il n'était qu'un gamin des rues sans famille.

Et à présent, tandis qu'il se tenait devant elle dans l'allée, il émanait de lui la même force tranquille, le même pouvoir sans faille. Alicia soupira. Elle devait mieux se protéger cette fois-ci sinon, elle risquait à nouveau de succomber à son charme.

Elle détacha sa ceinture de sécurité et se dirigea vers la porte centrale de la cabine, son sac à main glissé sur une épaule et son ordinateur portable dans une main.

Mais, en descendant du marchepied de l'hélicoptère, elle se tordit la cheville et perdit l'équilibre. Elle tenta de se rattraper à la balustrade, en vain. Elle chuta sur les élégants pavés en briques rouges.

— Génial, marmonna-t-elle, rouge de honte en se mettant à genoux.

Il ne fallut qu'une fraction de seconde à Graciano pour l'atteindre et, en quelques enjambées, il fut à sa hauteur.

— Alicia, murmura-t-il en se penchant avec le ton cynique qui lui était propre.

Ignorant la main qu'il lui tendait, elle se releva péniblement, les joues enflammées. Mais quand elle fut debout, elle ressentit un violent élancement au niveau de la cheville et elle ne put réprimer un gémissement douloureux.

Elle lança un regard furieux à Graciano, comme s'il était responsable de sa mésaventure.

— Qu'y a-t-il ? dit-il en posant une main ferme dans son dos pour l'aider à se maintenir en équilibre.

Mais ce contact eut l'effet inverse car Alicia eut soudain le sentiment que tout son corps vacillait.

— Ne fais pas ça, fit-elle en s'écartant de lui avant de gémir à nouveau. Je me suis tordu la cheville.

— De toute évidence.

— J'ai aperçu des voiturettes de golf en survolant le domaine. Est-ce qu'on ne pourrait pas utiliser l'une d'elles pour rejoindre la maison ?

— Ce ne sera pas nécessaire, répliqua Graciano et, avant qu'elle ne comprenne ce qu'il voulait dire, il l'attrapa par la taille et la souleva dans ses bras comme si elle ne pesait rien.

Alicia fut submergée par un flot d'émotions. Dix ans auparavant, ils avaient été amants. Une seule nuit. Et ils ne s'étaient pas revus. Aucun homme ne l'avait touchée depuis. On avait flirté avec elle, on l'avait invitée à sortir, mais personne n'avait suscité le moindre frémissement de désir.

Pourquoi diable Graciano lui faisait-il cet effet ? Son simple contact lui donnait des fourmis dans les jambes. Elle ne put réprimer un frisson en sentant son parfum viril. Elle était si près de lui. De sa peau...

— Je peux très bien marcher, affirma-t-elle, dans un mensonge évident.

Il se contenta de lui adresser un regard cynique.

Elle resta silencieuse et concentra son attention sur le manoir devant eux. À mesure qu'ils s'en approchaient, elle fut fascinée par la beauté du bâtiment dont les grandes fenêtres étaient ornées de jardinières débordant de géraniums et de pois de senteur.

— C'est magnifique ! murmura-t-elle.

À chacun des pas de Graciano, elle était rejetée contre son torse musclé, ce qui ne faisait qu'accroître son trouble. Même si elle ne voulait pas l'admettre, Alicia avait le sentiment étrange de se sentir enfin chez elle dans les bras de cet homme.

Comme elle l'avait remarqué depuis le ciel, le manoir était de forme carrée avec une cour centrale. Graciano franchit une porte en bois bleu à double battant et entra dans un couloir carrelé. Alicia fut émerveillée par la beauté des lieux, qu'elle se promit de visiter en détail dès que sa cheville le lui permettrait. Ils arrivèrent dans un salon pavé de carreaux de ciment marocains, aux murs tapissés et au mobilier vintage.

Lorsque Graciano la déposa délicatement sur un canapé, Alicia eut le sentiment d'être abandonnée. Elle devait absolument se reprendre.

La situation était trop compliquée pour se laisser dominer par le désir. Elle devait concentrer son attention sur la meilleure façon de lui annoncer qu'ils avaient eu une fille ensemble. C'était tout ce qui comptait.

— Merci, fit-elle sobrement en hochant la tête.

Il éclata de rire et elle ne put réprimer un frisson.

— On dirait que tu aurais préféré me dire d'aller au diable plutôt que de me remercier.

— Pour quelle raison m'as-tu amenée ici ? demanda-t-elle sans préambule.

— Pour que tu puisses reposer ta cheville répondit Graciano comme si c'était ce qu'elle lui avait demandé. Reste ici. Je vais chercher de la glace.

— Je vais bien, rétorqua-t-elle, proférant un autre mensonge.

Mais, dès qu'il eut quitté la pièce, Alicia gémit et souleva l'ourlet de son pantalon pour examiner sa cheville. Dieu merci, celle-ci avait un aspect normal. Pas de gonflement évocateur d'une entorse ou d'une fracture. Pourtant, lorsqu'elle tenta de se lever, elle ressentit une douleur violente et grimaça.

Elle s'allongea sur le canapé et tourna la tête vers la baie vitrée qui offrait une vue spectaculaire sur le jardin méditerranéen avec, en arrière-plan, la mer scintillante. C'était une journée d'été ensoleillée mais Alicia n'y trouvait aucun plaisir. Seulement de l'amertume et de la peur, car le secret qu'elle avait gardé pendant dix ans était à présent une épreuve dangereuse qu'elle devait affronter. Elle n'avait plus le choix.

Toutes ces années, elle avait pu se permettre de faire comme si Graciano n'existait pas. Elle s'était persuadée qu'elle l'avait oublié et que c'était mieux ainsi. Elle se répétait qu'Annie n'avait pas besoin de savoir qui était son père...

Mais maintenant qu'il était là, bien vivant, face à elle, ce n'était plus aussi facile.

Compte tenu de la façon dont leur histoire s'était achevée, Alicia était convaincue d'avoir fait ce qu'il fallait à l'époque pour offrir à Annie un foyer aimant et stable.

Mais cela n'enlevait rien aux droits de Graciano.

Ni à la culpabilité qu'elle ressentait à son égard.

Et le fait d'être ici avec lui ne faisait qu'accentuer ce mal-être.

Elle eut envie de pleurer et ferma les yeux mais, alors, il surgit dans le salon, un torchon dans une main.

Il s'agenouilla devant elle et souleva le bas de son pantalon, exactement comme elle l'avait fait quelques instants plus tôt, puis il posa les doigts sur sa cheville et la palpa rapidement.

Troublée, Alicia détourna le regard.

— Ça n'a pas l'air cassé, mais il faut que tu la mettes au repos, annonça-t-il avant d'appliquer dessus le torchon empli de glaçons.

Elle grimaça au contact du froid sur sa peau, comme si elle voulait retrouver la chaleur des mains de Graciano.

Que lui arrivait-il ? Elle devait se ressaisir.

— Et si on en profitait pour parler de cet événement que tu veux que j'organise ? demanda-t-elle vivement.

Graciano se leva et lui tourna le dos pour se diriger vers la fenêtre. Il resta silencieux un long instant.

— Je veux célébrer une fusion prochaine, finit-il par répondre évasivement. Rien d'extraordinaire. Une centaine de personnes. Boisson, nourriture, musique. Tu as l'habitude.

Alicia fronça les sourcils. Les détails étaient un peu maigres pour un événement qui devait avoir lieu dans moins d'un mois.

— Tu prévois que les invités restent dormir sur l'île ?

— Je n'ai rien prévu du tout, répliqua-t-il en se tournant vers elle. C'est la raison pour laquelle je t'ai achetée.

— Pour laquelle tu as acheté mes services, rétorqua-t-elle, le cœur battant.

Graciano hocha la tête.

— Peux-tu me faire quelques propositions d'ici à mercredi ?

— Tu dois avoir une grande confiance en mes capacités si tu estimes que je suis capable d'organiser quelque chose de convenable en l'espace de deux jours.

Il resta silencieux un long moment.

— C'est vrai, finit-il par répondre. Ta réputation te précède.

Alicia ne put réprimer un frisson de plaisir.

— Comment as-tu entendu parler de moi ?

— Lors de la vente aux enchères, expliqua Graciano avec un haussement d'épaules désinvolte. Mes voisins de table ne tarissaient pas d'éloges à ton égard.

— Je vois, fit-elle en s'efforçant de cacher sa déception.

Il n'avait donc pas effectué de recherches à son sujet. Bien sûr que non et, au fond, c'était préférable. Sinon, il aurait forcément appris l'existence d'Annie et, dès qu'il aurait aperçu une photo de la petite fille, il aurait aussitôt fait le lien.

Alicia fronça les sourcils, songeuse. Graciano méritait d'être dans la vie de cette enfant mais c'est lui qui avait refusé ses sollicitations. Alicia n'était en rien fautive mais, à présent, elle n'avait d'autre choix que de lui annoncer la vérité.

Mais que savait-elle de l'homme qu'il était devenu ? Impossible de l'impliquer dans la vie d'Annie sans le connaître un peu mieux. L'idée de passer une semaine dans son île l'avait d'abord terrifiée mais, finalement, n'était-ce pas l'occasion unique d'apprendre à le connaître pour voir le rôle qu'il pourrait jouer dans la vie de leur fille ?

Quant au bourdonnement qu'Alicia ressentait à chaque fois qu'il s'approchait d'elle, eh bien elle n'aurait qu'à l'ignorer.

Elle fixa la fenêtre en s'efforçant de calmer sa respiration.

— Tu es réputée dans ton domaine, reprit Graciano.

— Merci, répondit-elle d'une voix tendue.

— Je ne dis pas cela pour te flatter. Je m'en tiens aux faits. J'ai développé mon entreprise en capitalisant sur l'expertise des gens. J'ai besoin d'organiser cette soirée rapidement, et tu es compétente pour cela.

— Donc, tu as payé cinq cent mille livres pour obtenir mes services, fit-elle en secouant la tête. Ça n'a pas de sens. N'importe quelle société aurait…

— Personne n'était disponible dans un délai aussi court.

Il avait donc fait appel à d'autres prestataires avant elle ? Cette information la déstabilisa quelque peu.

— Pourquoi si peu de temps ?

— Les négociations sur la fusion avancent plus vite que prévu. Les contrats seront signés cette semaine.

— Et pourquoi cette célébration ? demanda Alicia. J'imagine que tu ne fais pas ça à chaque fois que tu acquiers une société.

— Comment le saurais-tu ? coupa-t-il sèchement.

Elle rougit violemment et détourna le regard. S'il savait le nombre de fois où elle avait effectué des recherches en ligne sur lui…

— Penses-tu que je viendrais jusqu'ici avec un homme que je connais à peine sans me renseigner un minimum ?

— Un homme que tu connais à peine ? Ce n'est pas ainsi que je qualifierais notre relation…

— Ah ? répliqua-t-elle, essoufflée. Et comment la décrirais-tu ?

— Le fait que nous ne nous soyons pas vus pendant plusieurs années ne change rien. Nous nous connaissons. Et nous nous comprenons.

Alicia se mordit la lèvre.

— C'était il y a longtemps, murmura-t-elle, troublée.

— Et il s'est passé beaucoup de choses depuis, confirma Graciano en s'approchant d'elle avant de plonger ses yeux dans les siens. Mais as-tu jamais oublié ?

Elle frémit, bouleversée par sa question directe et si importante.

— Graciano… murmura-t-elle.

Comment répondre ? Elle sentait le danger approcher.

Pense à Annie.

— Tu m'as appris tant de leçons qu'il m'est impossible de t'oublier, dit-il lentement en la regardant.

Le cœur d'Alicia s'emballa dans sa poitrine et elle eut un mal fou à reprendre la parole.

— Quelles leçons ?

— Tu m'as montré combien les gens peuvent se montrer égoïstes. Même ceux qui semblent gentils. Surtout eux.

Elle détourna le regard, furieuse d'être aussi troublée alors même qu'il se montrait brutal avec elle.

— En quoi ai-je été égoïste ?

— Par ton silence, pour commencer.

Elle ferma les yeux. Il avait raison. Elle avait écouté son père mettre en pièces l'homme qu'elle aimait sans dire un mot. Frappée de mutisme face à la situation catastrophique dans laquelle elle se retrouvait. Puis, lorsque le pasteur avait menacé d'aller voir la police si elle reprenait contact avec Graciano, elle avait fermé son cœur pour protéger son amant. Ce n'est que lorsqu'elle n'avait plus eu le choix qu'elle avait pris ce risque, non pas pour elle ni parce que Graciano lui manquait de tout son être, mais parce qu'il avait le droit de savoir qu'il allait être père.

Le cœur d'Alicia se serra en repensant à l'adolescente confuse et terrifiée qu'elle avait été.

— Tout le monde n'est pas aussi fort que toi, finit-elle par murmurer après une longue pause douloureuse. Mon père était tout ce que j'avais…

Cette phrase ne sembla qu'accroître la colère de Graciano. Il s'approcha d'Alicia et s'accroupit devant elle pour la regarder droit dans les yeux.

— Il m'a accusé de t'avoir violée, dit-il lentement et la fureur qu'elle lut dans son regard lui coupa le souffle. Tu n'as rien fait. Tu l'as laissé penser ça de moi.

Son visage la brûla tant elle avait honte.

— Je lui ai dit la vérité plus tard. Après...

Il lui lança un regard sceptique.

— Pas ce matin-là. Pas quand c'était important.

Elle secoua la tête.

— Il était tellement en colère...

— Il n'avait pas le droit. Nous savions ce que nous faisions.

— Nous n'étions que des enfants.

— Et alors ? s'exclama-t-il. Que veux-tu dire ? Que nous avions commis une erreur ?

Comment penser cela alors qu'Annie en était le résultat ? Et, même s'il n'y avait pas eu Annie, Alicia ne regrettait pas une seconde de cette nuit-là.

— Je sais que tu as toujours pensé que je n'étais pas assez bien pour toi, reprit Graciano sans attendre sa réponse.

— Arrête, murmura-t-elle, blessée par son attaque et troublée qu'il soit aussi près d'elle.

Sans pouvoir s'en empêcher, elle baissa les yeux vers sa bouche aux lèvres sensuelles.

— Tu aimes te sentir digne en aidant les personnes moins fortunées que toi.

— Quel mal y a-t-il à cela ?

— C'est ce que tu faisais déjà cet été-là, n'est-ce pas ? reprit-il en ignorant sa question.

— C'était il y a dix ans, répondit Alicia, le cœur brisé, en s'efforçant de garder son calme et de se concentrer sur Annie. Pourquoi est-ce si important ?

Mais elle savait que ça l'était. Malgré le temps, la douleur de cette séparation était toujours aussi vive qu'à l'époque.

— C'est vrai, fit-il en se levant. Et tant de choses se sont produites depuis.

Il posa un doigt sur la joue d'Alicia, et elle ne put réprimer un frisson de désir à ce contact.

— Nous sommes des personnes différentes à présent, ajouta-t-il.

Il avait raison. Après plus de neuf ans passés à élever seule une petite fille, Alicia n'était plus l'adolescente impressionnable qui était tombée amoureuse de lui dès le premier regard.

— Mais cette nuit-là, le plaisir que tu as ressenti était réel, n'est-ce pas, Alicia ? reprit-il.

En l'entendant prononcer son prénom tel qu'il le faisait à l'époque, avec son accent espagnol chargé de désir, elle ne put réprimer un frisson. Tout son corps la brûlait, et elle fut incapable de lui répondre.

Il se pencha plus près et leurs bouches ne furent plus qu'à quelques centimètres l'une de l'autre.

— Te souviens-tu de notre premier baiser ?

— Non, répondit-elle, le cœur battant.

Il esquissa un sourire prouvant qu'il avait deviné son mensonge.

— Tu étais dans la bibliothèque. Tu m'avais demandé de t'attraper un livre qui était trop haut. Quand je te l'ai tendu, nos doigts se sont effleurés. Tu as soupiré doucement et tu m'as lancé le même regard que maintenant. Comme si tu me suppliais de t'embrasser. T'en souviens-tu ?

Alicia secoua la tête, ne sachant à quelle question ou à quelle affirmation elle répondait.

— Il suffisait que tu claques des doigts pour que j'accoure, ajouta-t-il.

Elle fronça les sourcils. Graciano n'avait pas tort. Il avait toujours été là pour elle. Chaque fois qu'elle avait eu besoin de lui, elle n'avait eu qu'à demander et il avait fait ce qu'elle voulait. Mais pourquoi prenait-il aujourd'hui ce qu'elle avait cru être de la loyauté et de l'amitié pour une manipulation sinistre ?

— Tu agis comme si ce qui s'était passé entre nous était important, parvint-elle enfin à murmurer. Mais c'est toi qui es parti sans un regard. Toi qui m'as affirmé que tu étais passé à autre chose et que je ne devais plus t'appeler. Tu as même changé de numéro.

— Je ne l'ai pas fait pour t'éviter, répliqua Graciano.

— Non, à ce moment-là, tu m'avais sûrement déjà oubliée.

— Oui, confirma-t-il froidement.

Alicia eut l'impression d'avoir reçu un coup de poing.

— Si tel est le cas, pourquoi ai-je l'impression que tu me hais ?

Graciano serra les mâchoires et marqua une courte pause.

— Je hais les gens comme toi. Comme ton père...

Elle tressaillit.

— Tu ne me connais pas.

— J'en sais suffisamment.

Elle ferma les yeux, envahie par une souffrance intense.

— Alors pourquoi m'avoir engagée ? Et ne me dis pas que c'est parce que tu as un événement urgent à organiser.

— Je me suis toujours dit que je ne voulais plus rien avoir à faire avec toi, murmura-t-il.

Le cœur d'Alicia se serra face à l'émotion brute qui se dégageait des paroles de Graciano.

— Alors pourquoi...

— Je me suis trompé. J'ai toujours envie de toi.

Elle ne put réprimer un frisson.

— Graciano...

Il baissa la main et posa un doigt sur les lèvres d'Alicia. Elle tenta de se raisonner, se rappeler qu'ils étaient tous deux parents d'une petite fille et que la situation était compliquée. Pourtant, tout son être la poussait à s'approcher de lui. Et à oublier leur passé.

— Tu étais là à cette vente, reprit-il. T'offrant au client le plus généreux. Pourquoi ne pas saisir cette occasion ?

Elle prit une grande inspiration en écarquillant les yeux.

— Mais ce n'est pas moi... je ne suis pas...

— Tu es là pour organiser un événement, souffla-t-il dans son cou avant d'y déposer les lèvres. Mais je t'ai ici, dans ma maison, pour cinq nuits. Et j'ai l'intention d'en profiter au maximum.

3

— Qu'est-ce que cela signifie exactement ?

Bonne question. Si séduire Alicia pour se venger lui plaisait à bien des égards, une partie de Graciano était révulsée à cette idée. Il était furieux qu'elle puisse encore exercer un quelconque pouvoir sur lui alors que c'était lui qui avait l'intention de la dominer.

Il voulait lui prouver qu'il n'était plus l'adolescent en mal d'amour qu'elle avait utilisé avant de le rejeter. Lui montrer le genre d'homme qu'il était devenu.

Pour qu'elle le désire comme jamais elle n'avait désiré personne.

Ensuite, il s'éloignerait ainsi qu'il l'avait fait à l'époque. Mais cette fois-ci, les souvenirs d'Alicia ne tourmenteraient pas son sommeil. Il la quitterait par choix.

La vengeance n'était pas une émotion particulièrement digne, il le savait, mais comment décrire autrement ce qu'il ressentait ? Était-ce mesquin, dix ans après, de chercher à punir une femme qui avait repris le cours de sa vie comme il l'avait fait de son côté ?

Le ventre de Graciano se noua à mesure qu'une évidence obscure s'imposait à lui. Oui, il irait jusqu'au bout. Il la détruirait comme elle l'avait fait.

Car elle l'avait détruit.

Lorsque le père d'Alicia avait l'accusé d'avoir violé sa fille, il avait eu l'impression de recevoir un coup de poignard. Il s'était tourné vers elle mais la femme à qui il avait fait l'amour quelques heures plus tôt était devenue quelqu'un qu'il ne connaissait plus.

Jamais Graciano n'avait pu oublier cette trahison.

Même s'il n'avait pas consciemment pensé à Alicia au cours des dix dernières années, la rapidité avec laquelle il avait mis au point sa vengeance montrait à quel point la blessure était restée vive.

C'était cruel et mesquin. Il le regretterait probablement mais il avait toujours suivi son instinct.

— Graciano, que veux-tu dire ? insista-t-elle.

Le souffle court de la jeune femme frôla sa joue et il faillit perdre tout contrôle. Elle était si près...

— Graciano, murmura-t-elle.

Il y avait tant de choses qu'il avait besoin de comprendre pour pouvoir enfin tourner la page.

— Pourquoi as-tu cherché à me joindre après mon départ il y a dix ans ?

Alicia ferma les yeux et il se pencha vers elle. Un geste de l'un ou l'autre, et leurs lèvres se frôleraient. Elle ouvrit à nouveau les yeux et tressaillit mais elle ne bougea pas et posa la main sur le torse de Graciano. Il frémit. Il devait à tout prix maîtriser son désir.

Plus jamais il ne se perdrait pour elle.

— À ton avis ? répondit-elle en lui lançant un regard suppliant. J'étais mortifiée. Je n'arrivais pas à croire ce que mon père t'avait dit, ajouta-t-elle et, à sa grande surprise, il vit des larmes affleurer à ses yeux. Je n'arrivais pas à croire que je l'avais laissé te parler ainsi. Mais il faut que tu comprennes...

La voir si bouleversée l'émut. Il ne devait pas s'adoucir.

— Tu as choisi de le laisser me prendre pour un violeur plutôt que de lui avouer la vérité. Qu'y a-t-il d'autre à comprendre ?

— Je lui ai dit la vérité ! protesta Alicia en enroulant ses doigts dans le tissu de la chemise de Graciano.

La surprise le traversa puis, rapidement, l'incrédulité. Il ne pouvait pas la croire. Il ne le voulait pas.

— Je l'ai fait, reprit-elle. Mais pas tout de suite. Sur le moment, j'étais sous le choc… terrifiée.

L'haleine d'Alicia sentait la vanille. Une bouffée de désir l'envahit, et il sentit son sexe durcir dans son caleçon.

Voilà longtemps qu'il n'avait pas eu autant envie d'une femme. Peut-être même pas depuis dix ans.

— Et tu pensais que je reviendrais vers toi ? demanda-t-il.

— Non, souffla-t-elle en frémissant. Je savais que ce n'était pas possible. Il ne l'aurait jamais permis.

— Et tu fais toujours ce que ton père veut.

Elle cligna des yeux comme pour se protéger de son regard.

— J'avais seize ans…

— Mais tu étais assez grande pour te donner à moi, répliqua-t-il d'un ton ferme.

— Et alors ? Tu pensais que j'allais m'enfuir avec toi pour vivre dans la rue parce que nous avions couché ensemble ? Est-ce cela que tu aurais voulu ?

C'est comme si elle l'avait aspergé d'eau glacée en lui rappelant quelles avaient été ses priorités. Elle avait préféré la sécurité matérielle à la loyauté et à l'amour qu'il pensait partager avec elle.

— Après ce matin-là, je ne voulais plus rien avoir à faire avec toi, déclara-t-il d'un ton froid. Je ne crois pas aux secondes chances.

Elle s'écarta légèrement sans lâcher sa chemise pour autant.

— Et tu vois, ce sont tes actions qui ont fait ce que je suis devenu, *querida*, reprit-il J'ai quitté Séville. J'ai grandi. J'ai changé. Je t'ai oubliée.

Elle lui lança un regard timide.

— Tant mieux pour toi.

— Pourtant, nous voici dix ans plus tard et je ne peux m'empêcher de me demander…

— Te demander quoi ? murmura-t-elle faiblement.

— Ce que ça me ferait de t'embrasser, répondit-il et, dans les yeux d'Alicia, il vit naître une flamme de désir qui ne laissait aucun doute sur ce qu'elle en pensait. Pas comme les adolescents que nous étions à l'époque mais comme deux adultes. Avec l'expérience que nous avons acquise...

— Graciano... soupira-t-elle.

— Tu te poses la même question ?

Elle entrouvrit les lèvres et s'approcha de lui, ses yeux rivés aux siens.

— Je ne peux pas, dit-elle si près de sa bouche qu'il sentit les mots plus qu'il ne les entendit.

— Tu n'en as pas envie ?

Alicia secoua la tête.

— C'est plus compliqué que ça...

— Pourquoi ?

— Parce que tu es toi...

— Nous sommes complètement seuls ici, répliqua-t-il d'un ton bourru. Aucun de nous n'a besoin d'être lui-même pendant les cinq prochains jours.

Elle écarquilla les yeux.

— Après tout, il ne s'agit que d'un baiser, reprit-il.

Elle gémit doucement et s'accrocha à sa chemise comme à une bouée de secours. Comme si sa vie en dépendait.

Jamais il n'avait eu autant envie d'embrasser une femme. Pas même elle, à l'époque. Comme si une force magnétique d'une intensité inouïe le poussait vers elle. Et pourtant, il tenait bon, déterminé à triompher même de son propre désir.

— Je ne t'embrasserai que si tu me le demandes, dit-il d'une voix rauque.

Elle se mordit la lèvre.

— Je ne peux pas faire ça... Graciano, notre passé...

— Le passé n'a rien à voir avec ça, coupa-t-il avec colère en sachant que c'était faux.

— Embrasse-moi, supplia-t-elle en se penchant vers lui dans un geste d'abandon.

Alors, il plaqua ses lèvres sur les siennes, la réclamant dans un baiser qui portait tout le besoin, la colère et le ressentiment qui avaient cheminé dans son âme depuis si longtemps.

Lorsque leurs lèvres se touchèrent, ce fut comme si une déflagration électrique parcourait tout le corps d'Alicia. Ce n'était pas la douce étreinte de deux personnes qui reprennent contact après des années de séparation. C'était un baiser de domination totale et de colère. Peu importe. Elle aussi était en colère. Pour ce gâchis monumental et la dévastation causée par le comportement de son père. Puis par la disparition de Graciano.

Elle avait eu leur enfant et gardé ce secret pour elle.

Il avait prétendu que le passé n'avait pas d'importance. Mais si c'était le cas, il n'y aurait pas cette rage.

Alicia déplaça sa main jusqu'à l'épaule de Graciano, et elle le tira brusquement vers elle, animée d'une faim et d'une fureur tourbillonnantes, comme s'il avait éveillé en elle des sensations qu'elle croyait mortes depuis longtemps.

Une voix dans sa tête lui hurlait de s'arrêter et de faire preuve de bon sens mais c'est ce qu'elle venait de faire pendant dix ans et Dieu sait qu'elle avait envie de céder au désir, juste une fois. Maintenant.

Pour assouvir un besoin qui s'était levé en elle comme un tsunami.

— S'il te plaît, gémit-elle contre lui tandis qu'il déposait de petits baisers le long de son cou.

Il s'écarta légèrement et la regarda avec une expression qu'elle ne comprit pas, puis il posa les mains sur elle et déboutonna le haut de son chemisier, exposant la dentelle délicate de son soutien-gorge.

Alicia respira plus vite lorsqu'il plaça la main sous un de ses seins, comme pour en apprécier la rondeur. Les doigts de Graciano effleurèrent son mamelon et elle poussa un petit cri à ce contact intime et si peu familier. Depuis leur unique nuit d'amour, personne ne l'avait touchée.

Depuis toujours, Graciano avait ce pouvoir sur elle.

Depuis toujours, elle était à lui.

Mais lui n'avait jamais été à elle. Pas complètement.

Alors qu'elle l'avait aimé entièrement et avait porté leur enfant, il avait tourné la page dès qu'il avait quitté Séville.

Alicia avait eu tant de mal à remettre en place les morceaux brisés de sa vie. Graciano lui avait manqué à en mourir.

Elle avait eu tellement besoin de lui.

Soudain, une vague de chagrin l'emporta, charriant les souvenirs des séquelles catastrophiques qui avaient fait suite à leur histoire. Cela suffit à éteindre la fièvre qui s'était emparée d'elle.

— Arrête, fit-elle, essoufflée, en posant une main sur son torse pour le repousser. Il ne faut pas...

Mon Dieu, à quoi avait-elle pensé ? Elle ne pouvait pas embrasser cet homme ! Elle n'aurait pas dû venir ici. Tout était bien trop compliqué. Ils avaient une fille en commun. Une fille dont elle lui avait caché l'existence.

Pourquoi ne pas lui avouer la vérité au sujet d'Annie ? Comment expliquer qu'elle soit si réticente à le faire ?

Graciano avait renoncé à ses droits sur leur enfant depuis longtemps. Du moins, c'est ce qu'Alicia s'était répété. Mais comment abandonner ses droits de parent alors même qu'on ignore avoir un enfant ?

Un vent de panique la gagna, si intense qu'elle eut du mal à respirer. Soudain, son champ de vision s'obscurcit et ses forces l'abandonnèrent.

À peine fut-elle consciente que Graciano la soulevait pour la remettre en position assise. Il lui frotta doucement le dos en lui murmurant des mots en espagnol dont la musique lui rappela l'époque où il lui apprenait sa langue.

Les yeux d'Alicia s'emplirent de larmes mais, au moins, elle parvint à retrouver son souffle.

Voyant qu'elle allait mieux, Graciano se dirigea vers la fenêtre pour contempler la vue en silence. Alicia profita de cette accalmie pour reboutonner sa chemise entrouverte.

— C'était une erreur, murmura-t-elle en portant ses doigts frémissants jusqu'à ses lèvres pour les presser.

Elle ferma les yeux et le visage d'Annie s'afficha dans son esprit. Elle était mère avant tout. Ses désirs personnels passaient bien après ses devoirs envers sa fille.

Graciano se tourna lentement vers elle, et le regard noir et dangereux qu'il lui lança la fit trembler.

L'amour qu'il y avait eu entre eux s'était transformé en quelque chose de sombre et de furieux. De la haine.

— Tu n'as plus envie que je t'embrasse ? demanda-t-il lentement.

Elle détourna le regard. Mieux valait éviter de sonder ses désirs.

— Cela ne doit plus se reproduire, se contenta-t-elle de répondre d'une voix faible.

— Il n'y a pourtant qu'une façon de résoudre cette affaire inachevée entre nous.

Comment nier l'attraction féroce qui les reliait l'un à l'autre ? Alicia se mordit la lèvre pour ne pas lui avouer qu'elle était d'accord avec lui.

Les raisons qu'elle avait de le tenir à distance n'étaient rien, comparées au désir désespéré qui la tenaillait.

Mais elle devait tenir bon.

Depuis dix ans, elle avait dû être forte. Forte lorsqu'elle avait tenu tête à son père et qu'il l'avait chassée d'Espagne pour la confier en Angleterre à une grand-mère qu'elle ne connaissait pas. Forte quand elle était devenue mère célibataire à seize ans et qu'elle avait élevé seule sa fille.

— Tu as mis fin à cette histoire quand tu as disparu dans la nature, quand tu as refusé de répondre à mes appels et quand tu as cessé d'exister dans ma vie, dit-elle doucement.

Elle s'interrompit et se leva, les genoux tremblants.

— Je sais que mon père t'a traité comme un moins que rien. Pire que ça, même. Mais tu es parti sans un regard en arrière. Sans...

— Sans quoi, *querida* ? coupa-t-il et elle frémit en entendant ce mot affectueux. Ton père n'a pas été le seul à me maltraiter. Certes, c'est lui qui a prononcé les mots mais tu leur as fait écho par ton silence, ajouta-t-il en plissant les yeux. Qu'étais-je censé faire ? Me laisser arrêter pour un crime que je n'avais pas commis ? Un crime si odieux...

Il laissa les mots en suspens et croisa les bras sur sa large poitrine en lui lançant un regard sombre.

Alicia ne sut que répondre. L'idée qu'il ait pu être accusé de viol après ce qu'ils avaient partagé lui glaçait le sang mais, d'un autre côté, elle ne pouvait se laisser détourner de la résolution qu'elle avait prise.

— Cette histoire remonte à trop longtemps, fit-elle en s'efforçant de garder une voix ferme. Il est inutile de revenir dessus. Maintenant, si tu veux bien m'excuser, j'ai un travail qui m'attend. Plus vite je l'accomplirai, plus vite je pourrai quitter cette île et mieux ce sera pour nous deux.

4

Alicia fixait l'écran de son ordinateur sans voir ce qui était affiché. Elle avait passé l'après-midi à effectuer des recherches sur les précédents événements organisés par Graciano. Tout ce qui pouvait lui fournir un aperçu de ce dont il aurait envie sans avoir à le lui demander.

En dépit de ce qui s'était passé entre eux, Alicia était venue ici pour raisons professionnelles, et il n'était pas question qu'elle oublie ses obligations en la matière.

Sa cheville était encore sensible mais les antalgiques que Graciano lui avait donnés quelques heures plus tôt avant de l'aider à se rendre dans une chambre d'amis l'avaient bien soulagée. Elle s'était changée et avait revêtu une chemise dont tous les boutons étaient bien en place. Mais en regardant la mer scintillante à travers la fenêtre, elle regretta de n'avoir emporté que des tenues de travail.

Elle s'était dit qu'avec ses tailleurs et ses talons hauts, Graciano comprendrait qu'elle était là seulement pour raison professionnelle.

Avait-elle prévu que le désir les submergerait tous les deux ?

Alicia jeta un œil à son lit et grimaça en reportant son attention sur l'écran de son ordinateur.

Mais la tâche n'était pas aisée dans la mesure où elle voyait défiler un nombre incalculable de photos de Graciano prises lors de soirées mondaines. Il était vêtu d'un smoking et entouré d'invités éblouissants dont la plupart étaient des femmes superbes qui le regardaient comme si elles voulaient… tout ce qu'Alicia et lui avaient fait…

Elle gémit et bascula la tête en arrière, assaillie de souvenirs brûlants. Quelle sensation merveilleuse elle avait ressentie lorsqu'il l'avait embrassée…

Le problème, c'était que Graciano n'était pas seulement un homme séduisant qu'elle avait follement aimé. Il était le père d'Annie et cette question la hantait sans répit.

Plus d'une fois, au cours de ces dix ans, elle s'était réveillée en panique, consciente qu'elle ne pouvait cacher plus longtemps l'existence de cet enfant à Graciano.

Pourtant, jamais elle n'était parvenue à le joindre.

Jusqu'à ce qu'il apparaisse à cette vente de charité.

Maintenant qu'ils étaient réunis sur cette île, la conversation pouvait enfin avoir lieu.

Même si cette perspective la terrifiait.

Alicia fronça les sourcils. Si Graciano avait voulu la séduire, il ne s'y serait pas pris autrement. Alors qu'elle sortait de sa chambre pour aller chercher un fruit dans la cuisine en guise de dîner, elle découvrit qu'une table pour deux avait été dressée dans la cour. Elle s'immobilisa en examinant la nappe blanche, la bouteille de vin, les bougies et les verres en cristal. Puis elle regarda autour d'elle.

Un grand escalier menait à un balcon qui courait le long des murs intérieurs du patio depuis lesquels des plantes grimpantes dégringolaient en cascades florales odorantes. Les abeilles bourdonnaient autour des fleurs et les oiseaux gazouillaient de toutes parts.

Des arbres fruitiers parfaitement taillés et plantés dans de grands pots en terre cuite étaient disposés à égale distance les uns des autres le long des murs. Le ciel prenait une teinte crépusculaire et des lumières discrètes éclairaient le patio, créant une ambiance chaleureuse et authentique.

Tandis qu'Alicia contemplait, émerveillée, les détails ravissants de la cour, Graciano surgit, la tête penchée comme s'il était plongé dans ses pensées.

Il portait un short et une chemise ample en lin blanc. Une tenue chic et décontractée, même si elle savait qu'il n'était pas de nature détendue. À dix-huit ans, il avait déjà une volonté de fer. C'est la raison pour laquelle le père d'Alicia lui avait proposé un travail à la ferme plutôt qu'à la mission.

« Ce garçon ne s'arrête jamais, s'émerveillait Edward. Il suffit de le regarder travailler. »

C'est ce qu'avait fait Alicia, jusqu'à ce que son ventre se noue et qu'elle découvre des sensations qu'elle n'avait jamais connues jusqu'alors. Elle rougit à l'évocation de ces souvenirs scandaleux.

Graciano leva les yeux vers elle.

— Tu as faim ? lui demanda-t-il à voix basse.

— Oui.

— Je t'en prie, assieds-toi.

Le cœur battant, elle se dirigea vers le siège qu'il lui proposait. Elle prit place et frémit quand les mains de Graciano lui effleurèrent les épaules.

— Merci, murmura-t-elle lorsqu'il vint s'installer en face d'elle.

Alors qu'elle se demandait ce qu'elle allait lui dire, des pas se firent entendre et une femme mince aux cheveux grisonnants fit son apparition.

— Isabella, fit Graciano en la saluant d'une inclinaison de la tête.

— C'est un plaisir de vous revoir, monsieur, répondit celle-ci en lui adressant un sourire chaleureux.

— Et c'est un plaisir d'être de retour. Isabella, je vous présente l'une de mes collègues, Mlle Griffiths.

— Mademoiselle Griffiths.

— Appelez-moi Alicia, répondit cette dernière avec un

sourire tendu, glacée par le ton que Graciano venait d'employer en prononçant son nom – le nom de son père.

— Alicia, répéta la femme en acquiesçant. C'est une joie de vous accueillir. Souhaiteriez-vous un peu de vin pour commencer ?

Mauvaise idée. L'alcool risquait de la désinhiber, et elle n'avait vraiment pas besoin de ça. Mais, d'un autre côté, elle était sur les nerfs et un petit verre lui ferait du bien.

— Avec plaisir, répondit-elle.

— Nous prendrons du *rioja*, annonça Graciano en souriant et le cœur d'Alicia s'emballa dans sa poitrine en voyant son visage s'éclairer enfin.

Isabella hocha la tête et s'éclipsa à travers une double porte en bois.

— Je croyais que nous étions complètement seuls.

Graciano leva les yeux vers elle.

— Déçue ?

— Je dirais plutôt soulagée.

Mais elle vit à son regard qu'il n'en croyait pas un mot.

— Le personnel est réduit sur l'île. Isabella est ma gouvernante.

— Est-ce qu'elle vit ici ? demanda Alicia en désignant d'un geste le manoir.

— Peut-être as-tu remarqué des maisonnettes sur l'île lorsque tu l'as survolée ?

— Oui. Je pensais qu'elles étaient destinées aux invités.

— Certaines le sont. Les autres sont réservées aux quatre membres du personnel qui travaillent ici à l'année. Isabella, ma cheffe Juanita, le jardinier Rodrigo ainsi que Luis, qui est chargé du service de sécurité.

Ce même service qui avait empêché Alicia de joindre Graciano, des années auparavant, quand elle avait voulu lui parler de la fille qu'ils avaient eue ensemble.

Isabella revint, accompagnée d'une jeune femme d'une vingtaine d'années qui rougit en regardant Graciano.

Alicia la plaignit. Elle connaissait le pouvoir de l'homme qui se tenait face à elle. Quelle femme pourrait résister à son charme ?

La gouvernante leur servit à chacun un verre de vin, tandis que la plus jeune femme déposait devant eux sur la table un assortiment de tapas : chorizo, pains, olives, fromages et petites tartelettes aux anchois et à l'ail.

— C'est ta cheffe ? ne put s'empêcher de demander Alicia lorsqu'ils furent à nouveau seuls.

— L'une des protégées d'Isabella, expliqua Graciano d'un ton affectueux qui déchira le cœur d'Alicia.

L'espace d'un instant, elle revit le garçon qu'il avait été. Celui qui avait toujours du temps à lui accorder et qui lui réservait ses sourires. Ce garçon qui n'existait plus pour elle mais qui était encore là pour d'autres.

— Sa protégée ? répéta Alicia en buvant une gorgée de vin délicieux qui lui procura un soulagement immédiat.

— Isabella recrute des gens dans la rue, précisa Graciano en regardant droit devant lui sans vraiment la voir. La seule chose qu'elle exige, c'est qu'ils travaillent dur et qu'ils ne se droguent pas.

Le cœur d'Alicia se serra dans sa poitrine.

— Sait-elle que tu as vécu toi-même dans la rue ?

— C'est un point que nous avons en commun, elle et moi.

— Isabella aussi ?

— Elle est la première que j'ai embauchée.

— Tout ton personnel est issu du même milieu ?

— Quel intérêt d'employer des gens si ce n'est pour leur offrir une seconde chance ? Ici, ils ont un toit et un bon travail. Comme Isabella, j'impose très peu de règles.

Alicia but à nouveau une gorgée de vin.

— Quelles sont-elles ?

— L'honnêteté et la loyauté.

Elle détourna le regard, gênée. Du point de vue de Graciano, elle avait échoué dans ces deux domaines.

— Quand tu as quitté Séville...

— Après avoir été jeté dehors par ton père, coupa-t-il.

Alicia acquiesça, le cœur serré, avant de reprendre.

— Je me suis inquiétée pour toi.

Les yeux de Graciano s'étrécirent mais il ne fit aucun commentaire.

— Je détestais l'idée que tu retournes dans la rue. Je n'arrivais pas à dormir, de peur qu'il t'arrive quelque chose.

Un silence pesant s'installa entre eux, interrompu de temps à autre par un gazouillis d'oiseau.

— Ton inquiétude était superflue. Comme tu peux le voir, je m'en suis bien sorti.

— Comment as-tu fait pour arriver là ? ne put-elle s'empêcher de demander.

— Soupçonnerais-tu quelque chose d'illégal, Alicia ? Tu penses que j'aurais volé ma fortune ?

— Bien sûr que non ! s'exclama-t-elle en rougissant.

— Tu crois que je suis devenu le gigolo d'une femme riche et que je l'ai dépouillée de sa fortune ?

— Cela ne m'est même pas venu à l'esprit. Mais si c'était le cas, tu ne pourrais t'en prendre qu'à toi-même. Te souviens-tu de ce que tu m'as dit la deuxième fois que je t'ai téléphoné ? La dernière fois que nous nous sommes parlé ?

Il la fixa, les traits figés comme s'il portait un masque.

— Tu m'as dit que tu avais trouvé d'autres femmes à qui faire l'amour, murmura-t-elle. J'ai tout sacrifié pour toi et tu...

— Qu'as-tu sacrifié pour moi, Alicia ?

— Tu penses que ma vie a été facile, une fois que j'ai tout avoué à mon père ? Comment crois-tu qu'il ait réagi ? Que penses-tu qu'il ait fait ?

L'expression qu'afficha Graciano ne laissait aucun doute. Jamais il n'avait envisagé cette question.

— Je n'imaginais pas que tu lui dirais la vérité, admit-il à voix basse. Visiblement, tu n'en avais pas l'intention ce matin-là.

— Bien sûr que si ! s'écria-t-elle. Sur le moment, j'étais en état de choc. Terrifiée et morte de honte. J'avais été conditionnée toute mon enfance... Les messages de pureté et d'innocence de mon père étaient profondément ancrés dans mon âme. Quand j'ai enfin eu le courage de lui parler, mon univers s'est effondré. Je t'ai appelé parce que j'avais besoin de toi, Graciano. Et tu as transformé ce que nous étions, ce que nous avions été, en quelque chose de sordide et d'insignifiant. Tu m'as remplacée. Voilà tout.

Elle vit les muscles de sa mâchoire se tendre.

— Est-ce vraiment ce que tu as ressenti ?

Il s'interrompit et but sa première gorgée de vin.

— Qu'attends-tu de moi, Alicia ? reprit-il. Après tout ce temps, veux-tu que je dise que j'ai menti ? Que je n'ai pas tourné la page ? Que tu me manques ? Et que j'avais besoin de toi moi aussi ?

— Seulement si c'est la vérité.

Il la fixa longuement et elle retint son souffle mais soudain, Isabella réapparut, portant un plateau de nourriture. Des steaks, des pommes de terre et une salade.

Lorsqu'ils furent à nouveau seuls, Alicia n'était plus en état de se battre. Leur conversation avait eu raison de toutes ses forces et, visiblement, il en était de même pour Graciano car il enchaîna sur un tout autre sujet.

— Il y a deux lieux possibles pour la fête, déclara-t-il en lui servant une assiette copieuse qu'elle serait incapable de manger. D'abord cette cour, qui présente l'avantage d'être proche des cuisines, et un autre endroit, près de la plage, où le spectacle des falaises et de l'océan constituerait une toile de fond spectaculaire au coucher du soleil.

Alicia but une nouvelle gorgée de vin, puis elle s'efforça de remettre de l'ordre dans son esprit et de se concentrer.

— Je vais avoir besoin de plus d'informations sur le type de soirée que tu souhaites, parvint-elle à murmurer au bout d'un instant.

— Demande-moi ce que tu veux.

Le problème, c'est que ce qu'elle voulait n'avait rien à voir avec la fête. Elle joua avec sa serviette sur ses genoux tandis que Graciano remplissait à nouveau leurs verres.

— Tu as parlé d'une centaine d'invités ?

— Oui. Il y aurait les dirigeants de la société que j'acquiers ainsi que quelques salariés appréciés.

— Pas d'amis ? insista-t-elle, curieuse.

— Tu veux dire, des petites amies, Alicia ? précisa Graciano en haussant les sourcils.

Elle sentit qu'elle rougissait et elle détourna le regard.

— Eh bien, tu sembles fréquenter quelqu'un...

— C'est une façon de voir les choses.

Alicia rougit de plus belle.

— Il ne s'agit jamais que de sexe pour toi ?

— Cela fait-il une différence pour ton projet, de savoir si j'ai une amante ici ou pas ?

Une amante. Ce terme était si intime. Si sensuel. Si difficile à envisager. Alicia enfonça ses ongles dans les paumes de ses mains et elle regarda loin devant elle.

— Oui, fit-elle d'une voix rauque.

— Ce point t'intéresse à titre personnel ?

Alicia baissa les yeux vers son assiette et piqua une olive avec sa fourchette.

— Oui.

Inutile de mentir.

— Je ne fréquente aucune femme en particulier en ce moment.

— Tu en fréquentes plus d'une ?

— J'ai souvent des « rendez-vous »...

— Comme la rousse avec qui tu étais à la vente aux enchères ? Je me demande ce qu'elle penserait, si elle apprenait que tu m'as amenée ici...

— Elle s'en moquerait. Caroline ne se fait aucune illusion sur ma monogamie.

Une flamme de jalousie traversa Alicia, si violente qu'elle ferma les yeux une seconde. Que lui arrivait-il ? Cela faisait dix ans, bon sang ! Graciano avait été avec beaucoup de femmes, depuis elle. Évidemment. Alors pourquoi cette pensée la faisait-elle autant souffrir ?

Peut-être parce qu'ils étaient face à face et que le temps n'était plus une constante linéaire à laquelle se fier. Ils auraient aussi bien pu être dix ans en arrière, leurs cœurs battant à l'unisson, leur avenir, non tracé, et leur espoir, tout neuf.

— Tant mieux pour toi, murmura-t-elle pour combler le silence et étouffer l'étincelle de cet espoir qui menaçait de rejaillir à tout moment.

Graciano eut un rire bas et doux, et il se pencha vers elle. Leurs jambes se frôlèrent sous la table.

— Attention, Alicia, dit-il lentement. On jurerait que tu es jalouse.

— Je ne le suis pas, affirma-t-elle. Crois-moi.

Il haussa un sourcil et ses lèvres esquissèrent un sourire moqueur.

Elle planta sa fourchette dans un morceau de viande sans cacher sa colère.

— Pourquoi serais-je jalouse ? demanda-t-elle comme si elle se posait elle-même la question. Ce qui s'est passé entre nous est révolu depuis des années. Nous avons tous les deux tourné la page.

— Oui, acquiesça-t-il avec une facilité désarmante. Mais pourtant, quand je t'ai embrassée...

— Je te l'ai dit, coupa-t-elle vivement. C'était une erreur. Cela ne se reproduira plus.

Elle sentit un vide lui nouer la poitrine mais elle devait être forte. Les enjeux étaient trop importants.

— Oublions cela, Graciano... Je suis ici pour le travail, ajouta-t-elle comme si elle brandissait un bouclier.

Pourvu que ce dernier réussisse à la protéger toute la semaine...

5

Le lendemain matin, Alicia s'habilla en tailleur, faute d'autres options, et elle travailla plusieurs heures dans sa chambre avant que la faim ne la pousse à sortir à la recherche d'un fruit ou de quelque chose de léger à manger. Isabella faisait la poussière dans le salon et elle lui proposa aussitôt un petit déjeuner bien plus copieux que ce qu'Alicia avait envisagé. Néanmoins, c'était agréable d'être chouchoutée, et l'omelette, le pain frais, le beurre et le café étaient une délicieuse façon de commencer la journée.

Tout en cuisinant, Isabella bavardait avec elle, et le nom de Graciano revenait sans cesse dans la conversation. Graciano qui était si gentil, si attentionné, si travailleur et généreux...

— Et où est-il aujourd'hui ? finit par demander Alicia.

— Il a pris l'avion ce matin pour Barcelone. Comme je vous ai dit, il travaille sans arrêt, ajouta la gouvernante en lui servant un deuxième café.

Alicia en doutait. Après tout, ne s'était-il pas évertué à lui prouver à quel point sa vie amoureuse était active ?

— Pensez-vous que je puisse aller jeter un coup d'œil au domaine ? demanda-t-elle à Isabella. C'est pour mon travail.

— Graciano ne vous aurait jamais amenée ici s'il n'avait pas confiance en vous. N'hésitez pas à me faire savoir si vous avez besoin de quoi que ce soit. À quelle heure souhaitez-vous déjeuner ?

— Déjeuner ? Je ne pense pas en avoir besoin après ce délicieux repas !

— Il faut manger ! La cuisine espagnole est trop délicieuse pour être refusée. J'ai du poulpe mariné et du riz. Je vais vous préparer un repas léger. Disons, vers 13 heures, dans la cour ?

Voyant qu'il était inutile de discuter, Alicia se contenta d'acquiescer en souriant.

Isabella lui renvoya un sourire victorieux.

Alicia disposait donc de quelques heures pour faire le tour du manoir et de ses environs, et elle n'avait pas l'intention de perdre une seconde de plus. Elle commença par la maison, jetant un coup d'œil dans les pièces aux portes ouvertes et évitant celles qui étaient fermées, pour ne pas tomber sur la chambre de Graciano.

La demeure était fascinante. Elle avait gardé son cachet d'origine mais était magnifiquement restaurée. Le parquet massif et les carreaux de céramique étaient de toute beauté. Les murs étaient ornés de peintures et de moulures sublimes.

Jamais elle n'aurait imaginé Graciano dans un lieu pareil.

Mais, en cheminant à travers les pièces, elle se souvint qu'à l'époque, il lui avait parlé de son goût pour les bâtisses anciennes de ce style. Elle chassa ces pensées de son esprit et poursuivit sa visite.

L'étage supérieur pourrait facilement être mis à contribution pour la fête. Alicia imagina un ensemble de musiciens installé dans la grande salle à manger. Avec les portes ouvertes donnant sur la cour, quatre d'entre eux pourraient se positionner sur le balcon tandis que les autres, en arrière-plan, ajouteraient de la profondeur aux morceaux.

Le magnifique escalier serait garni de guirlandes de fleurs enroulées autour des rampes, et des lampions accrochés dans la cour donneraient un air de carnaval à la soirée.

Les tables et les chaises seraient installées au centre, avec des nappes blanches et des compositions florales accordées aux teintes de la vigne. Alicia pensa d'abord à des tables rondes avant de se raviser. Une disposition en banquet avec deux longues tables rectangulaires serait mieux adaptée à l'architecture du patio.

Les idées lui venaient à mesure qu'elle explorait les lieux, si bien qu'à 13 heures, quand Isabella apparut dans la cour, Alicia jeta un œil étonné à sa montre.

— Mon Dieu, le temps est passé si vite !

— Graciano demande que vous le rejoigniez sur la terrasse, expliqua la gouvernante.

— Graciano ? s'exclama Alicia, le cœur battant. Je croyais qu'il était à Barcelone ?

— Ses réunions ont dû se terminer plus tôt que prévu, répondit Isabella, manifestement peu surprise. Vous savez comment vous rendre là-haut ?

Alicia fut tentée de lui répondre qu'elle n'obéirait pas à la requête de Graciano mais elle se retint. Après tout, il s'agissait d'un travail et elle était là pour ça.

— Non, fit-elle. Pourriez-vous me montrer le chemin ?

Alicia franchit un portail en fer forgé encadré de bougainvilliers et déboucha sur une terrasse ravissante qui surplombait l'océan.

La vue était si époustouflante qu'elle s'arrêta un instant pour la contempler et humer le parfum du sel et des fleurs tropicales. Mais quand elle porta enfin son attention sur Graciano, elle cessa de respirer tellement il était beau. Il portait un costume bleu marine mais il avait déboutonné le col de sa chemise et jeté sa veste et sa cravate sur le dossier d'une chaise. En baissant les yeux vers son cou puissant à la base duquel on devinait la naissance d'une toison brune, elle fut gagnée d'une vague de désir aussi brutale que soudaine.

Il se leva en l'apercevant, et elle détourna les yeux en s'efforçant de retrouver son calme.

— J'ai exploré la maison, annonça-t-elle à brûle-pourpoint.

Pourvu qu'il n'ait pas remarqué sa façon de le fixer comme une adolescente énamourée...

— Isabella m'en a parlé.

— Est-ce qu'elle me surveille ? demanda Alicia en s'avançant vers le siège qu'il lui tendait.

— Pas du tout. Mais elle est très bavarde, comme tu l'as peut-être remarqué. Elle m'a dit que tu avais visité toutes les pièces.

— Pas toutes ! s'empressa de corriger Alicia. J'ai pris soin de n'ouvrir aucune porte close.

— Je n'ai rien à te cacher, fit Graciano en haussant les épaules.

— Je ne voulais pas empiéter sur ta vie privée.

— En entrant dans ma chambre ? Je m'en serais remis.

Contrairement à elle. Le seul fait d'imaginer le lit de son hôte lui faisait tourner la tête.

À l'époque où Graciano vivait avec eux, il dormait dans un dortoir que le père d'Alicia avait mis à la disposition de ses employés. Avec le recul, elle comprenait que le pasteur avait sans doute exploité ces deux ou trois adolescents qui travaillaient gratuitement chez eux.

— Depuis combien de temps vis-tu ici ? finit-elle par demander.

— Je ne vis pas ici, répondit-il avant d'être interrompu par Isabella qui apparut pour déposer sur la table un festin de poulpe, salade de riz, fruits, fromages et pain.

Lorsqu'ils furent à nouveau seuls, Graciano poursuivit :

— Je partage mon temps entre cette île, Barcelone et Londres.

Le cœur d'Alicia s'emballa dans sa poitrine et elle fit semblant de s'intéresser à son verre d'eau pour cacher le trouble qui s'était emparé d'elle.

— Londres ? fit-elle d'une petite voix.

— J'ai un bureau là-bas.

— Tu y vas souvent ?

— Environ une semaine par mois. Pourquoi ?

Elle se mordit les lèvres et se tordit les mains sous la table. Elle vivait dans un petit coin tranquille au bord de la Tamise. Aucune chance d'y croiser Graciano. Mais l'idée qu'il ait vécu dans la même ville qu'elle – et Annie – depuis toutes ces années sans qu'elle l'ait su la bouleversait.

— J'essaie juste de me faire une idée de la vie que tu mènes, balbutia-t-elle.

— Cela t'aide-t-il à planifier la fête ?

— Ça ne peut pas faire de mal.

Elle soupira. Autant être honnête, au point où elle en était.

— Mais en vérité, je suis surtout curieuse de savoir comment tu as réussi à en arriver là, ajouta-t-elle.

— J'ai travaillé dur.

— En faisant quoi ? Six mois après ton départ de Séville, ton nom circulait déjà dans le monde de l'immobilier. Cela ne s'apprend pas comme ça...

Graciano leva son verre et but une gorgée d'eau.

— J'ai trouvé ça facile, déclara-t-il. J'étais doué pour comprendre ce que les clients voulaient et le leur proposer. Après avoir passé des années dans la rue, j'avais une connaissance innée de la propriété, des valeurs d'un quartier par rapport à un autre et, surtout, j'étais très motivé à l'idée de réussir. Je n'ai pratiquement pas dormi pendant trois mois. Dès la fin de la première année, j'avais touché plus d'un million d'euros de commissions.

— Tu as dû être... ravi.

— Ravi ? Non, Alicia, j'étais affamé. Je voulais plus. C'est quelque chose que tu ne pourras jamais comprendre. Tu ne t'es jamais inquiétée de savoir si tu aurais de quoi manger un soir où un endroit pour dormir. Encore aujourd'hui, j'ai le sentiment que je ne gagnerai jamais assez.

Elle secoua tristement la tête.

— Mais tu es si riche...

— Je sais.

— Et cet endroit ? enchaîna-t-elle.

Le sourire de Graciano la brûla comme une flamme. Il était si intime et authentique. Elle eut envie de retrouver la connexion qu'ils partageaient autrefois.

— Je l'ai voulu dès que je l'ai vu.

— C'est magnifique, dit-elle en acquiesçant lentement.

— Oui, fit-il en s'adossant à sa chaise. Et son histoire est unique.

— Quelle est-elle ?

— Ferdinand VII l'a fait bâtir pour sa maîtresse.

Elle fronça les sourcils.

— Ce n'est pas le roi qui avait tendance à épouser ses nièces ?

Graciano sourit, et une vague de chaleur naquit au creux du ventre d'Alicia. Elle se rappela la façon dont il lui souriait autrefois.

— Il n'a pas été construit pour une de ses nièces mais pour une femme qu'il aimait apparemment beaucoup. Peut-être as-tu vu la tourelle pendant ton exploration de ce matin ?

Elle secoua la tête.

— Non. Où est-elle ?

— Je te la montrerai plus tard. Elle a été construite pour que cette amante puisse guetter l'arrivée du roi en bateau. Il était très jaloux et était son seul visiteur…

— C'est un peu triste, tu ne trouves pas ?

— Au fil des années, les visites royales se sont espacées mais cette femme a continué à le guetter jour après jour.

— Que lui est-il arrivé ?

— Elle est devenue folle.

— Folle ?

— Complètement folle.

— C'est affreux.

— Oui, dit-il en haussant les épaules. Mais c'est aussi intéressant.

Alicia jeta un regard nouveau sur le lieu.

— C'est une maison très grande pour une seule personne.

— Il y avait aussi une armée de personnel.

— Naturellement, commenta Alicia avec un petit sourire. Peut-être a-t-elle trouvé le bonheur auprès de l'un d'entre eux. Une liaison secrète que l'histoire aura oubliée...

— Tu préfères penser qu'elle est tombée amoureuse plutôt qu'elle soit restée fidèle ?

— Jusqu'à la folie ? Alors que le roi vaquait à ses occupations en enchaînant les mariages ? Oh oui, je préfère infiniment imaginer que cette femme a trouvé un semblant de bonheur, loin de lui.

— La notion de loyauté face à l'adversité est-elle si difficile à imaginer ?

Alicia resta silencieuse quelques instants.

— Il ne s'agit pas de loyauté, finit-elle par déclarer. Le roi l'a cachée ici pour son propre plaisir jusqu'à ce qu'il se lasse d'elle. Elle y a perdu sa jeunesse, sa vie et, finalement, son esprit. Qu'en est-il de la loyauté de son amant ?

— Je suppose qu'elle avait choisi de rester ici.

— C'est beaucoup présumer, murmura Alicia.

— Tu penses qu'il l'a gardée captive contre son gré ?

— Une cage dorée reste une cage. La solitude l'a rendue folle...

— Qu'aurais-tu fait à sa place ?

— Je me serais sauvée à la nage, déclara-t-elle sans hésiter.

— Même si tu aimais cet homme ?

— Ce n'est pas de l'amour.

— Comment peux-tu en être aussi sûre ?

Alicia réfléchit quelques instants.

— L'amour n'est pas égoïste, déclara-t-elle fermement. Ce que cet homme a fait l'était, donc ce n'était pas de l'amour.

— C'est tout noir ou tout blanc, selon toi. Tu ne penses pas qu'il puisse y avoir des nuances ?

— On dirait que tu t'identifies à lui. Un homme riche et puissant...

— Qui capture une femme à des fins sexuelles. C'est ce que tu crois, Alicia ? Vraiment ?

Elle rougit et détourna le regard.

— Eh bien, hier, si je ne nous avais pas interrompus…

Elle fut incapable de poursuivre.

— Dans ce cas, laisse-moi être clair. Tu es libre de partir à tout moment et tu n'auras même pas besoin d'y aller à la nage. Mon hélicoptère est à ta disposition.

Alicia tenta de retrouver son calme. Comment la conversation avait-elle pu dériver ainsi ? Manifestement, à chaque fois qu'elle tentait de se concentrer sur la raison pour laquelle elle était ici, la situation lui échappait totalement.

Elle prit une grande inspiration et leva les yeux vers lui.

— Ce n'est pas dans ma nature de renoncer à mes engagements, Graciano, déclara-t-elle d'une voix rauque. Je resterai jusqu'à ce que j'aie fini d'organiser ta soirée.

— Quatre nuits de plus, précisa-t-il en soutenant son regard, et elle ne put réprimer un frisson en prenant la mesure des promesses non formulées que cela impliquait.

Graciano lut attentivement le message.

Salut, beau gosse, je suis à Barcelone pour la nuit. Tu me rejoins ?

Le texto était suivi d'une émoticône en forme de diable, puis de flamme.

Anastasia était un mannequin lingerie réputé, et ils avaient souvent passé du bon temps ensemble. Elle était intelligente, belle et, surtout, très peu intéressée par tout type d'engagement.

Graciano survola du doigt son écran tactile et il s'interrompit, indécis. Son bureau, situé au dernier étage de la maison, comportait des fenêtres des deux côtés. De l'une d'elles, il pouvait contempler l'océan scintiller jusqu'à l'Espagne continentale et de l'autre, il avait une vue plongeante sur la cour.

Il se dirigea vers celle-ci, juste au moment où Alicia

traversait le patio. La jeune femme prenait des notes en balayant du regard l'ensemble du bâtiment et, même si ses yeux se posaient de temps à autre vers l'endroit où Graciano se trouvait, il savait qu'elle ne le voyait pas. Son esprit était manifestement occupé à imaginer, planifier, préparer l'événement qu'il avait inventé de toutes pièces pour justifier le fait de l'avoir amenée ici.

Il l'observa, captivé par cette apparition.

Alicia le fascinait bien plus qu'il ne l'aurait voulu. Il avait prévu d'attiser son désir, de profiter de cette alchimie qu'ils partageaient, puis de la quitter sans un regard.

Mais, depuis qu'elle était arrivée sur l'île, ils n'avaient cessé de faire monter la tension d'un cran à chacune de leurs discussions. Les moments que Graciano passait en sa compagnie étaient une agonie de désir et de désespoir, de colère et d'anticipation. Depuis deux jours, Alicia était là, à portée de sa main et pourtant, la jeune femme restait un mystère.

Soudain, il sut qu'il devait passer à la vitesse supérieure.

Il voulait coucher avec elle, bien entendu. Mais il espérait aussi parvenir à la comprendre et répondre aux questions non résolues qui le taraudaient depuis toujours.

Et en finir une bonne fois pour toutes avec cette histoire.

Alicia leva la main, se frotta la nuque et ferma les yeux en s'étirant. Puis elle se massa délicatement les épaules et Graciano fut pris d'une envie folle de la toucher. Mais soudain, elle baissa les bras pour attraper son téléphone. Elle sourit à l'écran avant de le porter à son oreille.

Il se figea en découvrant les émotions qui s'affichaient sur le visage de la jeune femme. Du bonheur. Du plaisir.

La personne à qui elle s'adressait provoquait ces sentiments. Il fronça les sourcils. Lui-même ne les avait jamais éprouvés. Du moins, pas depuis dix ans.

— Pourquoi ce café ? demanda Alicia, le cœur battant, en jetant un regard sceptique au mug que Graciano lui tendait.

— Pour faire la paix.

Elle leva les yeux vers lui et, face à sa carrure impressionnante, elle fut si troublée qu'elle saisit le breuvage et en but rapidement une gorgée pour se donner une contenance. Dieu merci, il n'était pas trop chaud.

— Tu sembles surprise.

— Tu n'es pas du genre à faire la paix…

Il eut un rire mélodieux et elle sentit son cœur s'envoler.

— Comment le sais-tu, Alicia ?

Elle eut un mal fou à réprimer un sourire.

— Parce que tu es têtu et…

— Et quoi ?

— Et fâché, ajouta-t-elle d'un ton calme en lui jetant un regard en coin. Comme tu l'étais avant…

Leurs yeux se croisèrent. Elle n'avait pas besoin d'achever sa phrase. Quand Graciano était arrivé à la mission, il était susceptible et taciturne. Mais, à mesure qu'ils avaient appris à se connaître au cours de l'été, il avait changé et était devenu un homme tout à fait différent.

— En réalité, je ne suis pas souvent en colère, fit-il en levant les épaules.

— Tu veux dire que ce n'est qu'avec moi ? ne put-elle s'empêcher de demander.

Elle manqua de défaillir face au sourire qu'il lui adressa.

— Tu es plus directe qu'avant.

— Je n'ai pas eu le choix.

— Que veux-tu dire ? s'enquit-il en l'examinant attentivement.

Alicia hésita à répondre, prenant le temps de siroter son café tandis que le soleil de la fin d'après-midi lui réchauffait le dos.

— Je suppose qu'on gagne tous en confiance avec le temps, expliqua-t-elle. Je n'étais qu'une jeune fille, à l'époque.

— *Si*, acquiesça-t-il doucement et elle comprit, le cœur battant, qu'il venait de faire un pas vers le pardon.

Un silence paisible s'installa entre eux. Au bout d'une minute, Graciano se décida à prendre la parole.

— Parle-moi de ta vie, ordonna-t-il.

Elle ne put réprimer un petit rire malgré le danger auquel cette question l'exposait. Annie était la personne la plus importante de son existence. Comment décrire son quotidien sans la mentionner ? Et comment lui parler d'Annie avant de mieux comprendre Graciano et savoir comment il réagirait ?

— Ma vie est bien remplie, éluda-t-elle. Je consacre beaucoup de temps à mon travail.

— Tu ne t'es jamais mariée ?

Elle cessa de respirer.

— Je n'ai que vingt-six ans.

— Tu fréquentes quelqu'un ?

Elle se mordit la lèvre.

— Avec la façon dont on s'est embrassés hier ? fit-elle en rougissant.

— Nous n'avons pas fait l'amour, décréta Graciano en haussant les épaules. Cela n'aurait pas été une vraie trahison.

Elle entrouvrit les lèvres sous l'effet de la surprise.

— Je ne vois personne, murmura-t-elle rapidement sans croiser son regard. Et, si cela avait été le cas, je ne t'aurais pas embrassé de cette manière. Je ne suis pas aussi cavalière que toi avec les sentiments.

— Je te rappelle que je suis venu faire la paix, rétorqua Graciano avec un sourire qui lui déchira le cœur.

— Notre passé est peut-être trop chargé pour que nous puissions un jour y arriver, fit-elle en croisant les doigts pour que ce ne soit pas vrai.

Ils avaient un enfant en commun. Pour le bien d'Annie, ils devaient résoudre les problèmes de leur passé.

— Parler de paix est peut-être exagéré, répliqua-t-il en

lui lançant un regard dans lequel elle vit briller une lueur d'humour et de désir mêlés.

Elle le regarda fixement, chaque particule de son corps lui criant de s'approcher de cet homme et de se serrer contre lui. Sans même s'en rendre compte, elle serra plus fort la tasse dans sa main.

— Merci pour le café mais je dois y aller.

— Froussarde, railla-t-il gentiment en lui adressant un sourire dévastateur.

Alors qu'elle rebroussait chemin dans la cour, elle entendit le rire doux et moqueur de Graciano résonner dans son dos, et une vague de désir d'une intensité nouvelle la submergea.

Un désir inavouable, indéniable dont elle devrait à tout prix venir à bout.

6

— Viens avec moi.

Alicia leva le visage vers Graciano comme si elle s'éveillait d'un rêve.

— Quelle heure est-il ? demanda-t-elle, confuse.

— 20 heures.

— Déjà ? s'exclama-t-elle en jetant un œil à l'écran de son ordinateur. Je n'ai pas vu le temps passer.

Elle se leva et fit rouler sa tête d'un côté à l'autre pour relâcher la pression dans son cou endolori. Quand elle s'aperçut que Graciano suivait son geste du regard, elle s'immobilisa. Depuis leur échange dans la cour, elle s'était réfugiée dans sa chambre, troublée par la facilité avec laquelle cet homme arrivait à lui faire perdre son sang-froid.

— Tu veux savoir où j'en suis dans l'organisation de la fête ?

— Pas particulièrement, fit-il et quand ses yeux sombres plongèrent dans ceux d'Alicia, une étincelle de désir brut jaillit à travers tout le corps de cette dernière.

— Il y a quelque chose que j'aimerais te montrer, reprit-il.

— Qu'est-ce que c'est ?

— Viens avec moi, répliqua-t-il avec autorité et, à la grande surprise d'Alicia, il lui tendit la main en la fixant d'un air impatient.

Alicia frémit car, pour elle, cette main tendue signifiait bien plus qu'un geste anodin. Le cœur battant, elle songea qu'entremêler ses doigts à ceux de Graciano reviendrait à lier leur destin. Un destin contre lequel elle ne pouvait rien.

Elle leva lentement la main vers lui. Au moment où ils se touchèrent, elle eut le sentiment qu'une décharge électrique la traversait et, surprise, elle se tourna vers lui. Avait-il ressenti la même chose ?

Il la guida à l'extérieur de la maison en passant par plusieurs portes qu'elle n'avait jamais franchies.

— Après deux jours d'exploration, je n'arrive toujours pas à me repérer, déclara-t-elle en souriant.

— Je te ferai visiter demain.

Attention, Alicia, résonna une petite voix dans son esprit.

— Encore une tentative pour faire la paix ?

Graciano lui sourit en guise de réponse et elle eut l'impression de fondre sur place.

L'herbe était humide sous ses pieds, et l'air du soir, encore chaud, malgré le soleil couchant. Leurs corps se frôlaient en marchant, faisant naître en elle de petites vagues de désir, tant et si bien que, lorsqu'ils atteignirent le sable du rivage, Alicia était essoufflée.

— Regarde là-bas, dit Graciano en désignant du doigt une grande étendue d'herbe qui longeait la plage. C'est la seconde option dont je t'ai parlé.

— C'est magnifique ! s'exclama-t-elle. Mais la cour l'est tout autant. Le choix t'appartient.

— Tu as une préférence ?

— Je ne serai pas présente à la soirée, répondit-elle en se forçant à sourire. Même si la maison a des aspects plus pratiques, je trouverais magnifique d'organiser un cocktail au coucher du soleil ici, au bord de l'eau. Le thème pourrait être moins formel et plus décontracté que dans la cour. Pourquoi ne pas imaginer une soirée tropicale, avec des percussions pour danser ?

— De la danse ?

— Sinon, ce ne serait pas une vraie fête, répondit Alicia avec un regard taquin. Ne me dis pas que tu ne danses pas ?

Graciano leva sa main libre et la posa sur la joue d'Alicia, comme pour mieux l'observer dans la lumière déclinante. Leurs yeux se croisèrent, et elle eut l'impression de plonger dans le vide, sans rien ni personne pour la retenir. À part lui.

— Je danse très rarement, murmura-t-il.

— Je parie que tu es doué.

— Tu paries combien ?

— Quoi, en vrai ? demanda-t-elle, surprise. Eh bien, disons cent euros...

— Je pensais plutôt à autre chose que de l'argent.

Le cœur d'Alicia s'emballa dans sa poitrine.

— À quoi ? souffla-t-elle d'une petite voix.

— Si je gagne, tu réponds à toutes mes questions.

C'était dangereux. Annie était, comme toujours, au centre de ses pensées.

— Non, fit-elle.

— Tu as des secrets inavouables ?

Alicia baissa les yeux pour cacher son trouble.

— Je t'accorde trois questions, accepta-t-elle. Mais je peux mettre mon veto sur l'une d'elles.

— Tu es dure en affaires.

— Qu'est-ce que j'obtiendrai si je gagne ?

— Que désires-tu ? répliqua-t-il et elle rougit en détournant le regard.

— Comme toi : trois questions et un droit de veto.

— Ça me semble équitable, déclara Graciano. Tu es prête ?

— Prête pour quoi ?

— Eh bien, pour danser.

— Avec moi ?

— Tu ne croyais tout de même pas que j'allais me ridiculiser tout seul ?

Elle frémit lorsqu'il l'attira contre lui et l'enveloppa contre son corps puissant, une main posée dans le creux de son dos et l'autre, serrée dans la sienne.

— Il n'y a pas de musique, chuchota Alicia alors qu'il commençait à bouger en un rythme parfaitement cadencé.

— Il y a le ressac des vagues qui se brisent sur la côte et le chant des oiseaux au-dessus de nous. Prêtes-y attention et tu les entendras.

Alicia appuya sa joue sur le torse de Graciano pour que les battements de son cœur s'ajoutent à la mélodie que la nature tissait autour d'eux. Il avait raison, la musique était partout. Elle ferma les yeux et inspira son parfum viril et épicé, se laissant inonder par un désir puissant et enivrant.

Le temps s'arrêta. Ils dansaient. Depuis quand ? Elle n'aurait pu le dire. Longtemps et pas assez. Leurs corps s'imbriquaient parfaitement tandis que Graciano l'entraînait dans cette danse silencieuse. Les étoiles se mirent à scintiller l'une après l'autre dans le ciel qui prit peu à peu une teinte d'encre. Alicia s'abandonna à ce moment de plaisir interdit, consciente que leur désir croissait parallèlement à la magie qui se diffusait autour d'eux. Soudain, un vertige la prit face à la teneur paradisiaque de cet instant, et elle se raidit, s'arrachant au rythme fascinant dans lequel Graciano l'avait emmenée. Elle leva les yeux vers lui et eut le sentiment de se tenir au bord d'un précipice.

— J'ai gagné, murmura-t-elle d'une voix rauque en sentant des larmes piquantes affleurer à ses yeux.

À seize ans, elle avait aimé cet homme et elle ne s'en était jamais remise. Elle devait à tout prix se le rappeler.

Il lui avait brisé le cœur.

Et sa blessure ne s'était jamais refermée.

Comment expliquer autrement le fait qu'elle soit demeurée célibataire depuis tout ce temps ? Alicia s'était d'abord persuadée que c'était le fait d'être maman qui lui prenait toute son énergie mais, au fond, elle était dégoûtée à l'idée de sortir avec un autre homme.

Terrifiée à l'idée de revivre cette souffrance.

Et voilà qu'elle se retrouvait dangereusement proche de Graciano et que tout son corps la poussait à s'abandonner à lui. Bien qu'elle soit consciente de devoir se protéger, elle était incapable de résister au désir qui la submergeait.

— Je dirais plutôt que c'est un match nul, déclara-t-il. Après tout, la danse est quelque chose de subjectif.

— Tu m'as piégée dans un pari que je ne pouvais pas gagner ? fit-elle en haussant les sourcils.

— Je n'aime pas perdre, avoua-t-il avec une arrogance virile.

Elle recula et eut le sentiment que son univers s'écroulait. Mais elle devait tenir bon. Pour le bien d'Annie et du secret qu'elle détenait. Mais plus elle passait de temps avec Graciano, plus l'heure de tout lui dévoiler approchait.

Une bouffée d'angoisse la traversa. Comment réagirait-il en apprenant qu'il était le père d'une fillette de neuf ans ? L'idée même de cette conversation la fit pâlir, et elle se détourna pour porter son attention sur l'océan.

Elle avait géré seule les conséquences de l'unique nuit qu'ils avaient passée ensemble et cela lui avait semblé juste. Après tout, pour Graciano, cela n'avait été qu'une aventure sexuelle. De son côté, elle n'avait jamais considéré ce bébé comme un fardeau, même si sa conception avait pulvérisé l'univers d'Alicia en mille morceaux.

— Très bien, fit-elle pour gagner du temps. Que veux-tu savoir ?

— Parle-moi de ta vie.

— Ce n'est pas une question.

— C'est vrai, admit-il avec un petit sourire.

— Tu veux recommencer ? proposa Alicia en lui jetant un regard taquin.

Il resta silencieux un instant.

— As-tu toujours voulu travailler dans l'événementiel ?

Elle esquissa à son tour un sourire.

— Je suis quelqu'un d'organisé.

— Je me souviens.

La gorge nouée, elle se força à poursuivre.

— Pour ce qui concerne l'événementiel, j'ai suivi les conseils d'une amie qui travaillait dans ce secteur. Elle m'a trouvé un emploi au palais. Ce baptême du feu s'est révélé très gratifiant. J'ai énormément appris.

— Pourtant, tu n'es pas restée à ce poste ?

— Non, confirma-t-elle.

À l'époque, Annie entrait en maternelle et Alicia avait besoin d'un job moins prenant.

— Mes horaires de travail étaient trop contraignants et un emploi s'est présenté dans une association caritative avec davantage de flexibilité. Je crois avoir fait le bon choix.

— Et, d'après ce que j'ai entendu, tu t'en sors brillamment.

— C'est une autre question ?

— Une observation. Tes services sont très demandés.

— Oui mais, jusqu'à toi, personne n'avait proposé ce montant pour se les offrir.

Il haussa les épaules.

— Pourquoi as-tu fait appel à moi, Graciano ?

— Pour organiser...

— Non, coupa-t-elle en se mordant la lèvre. Tu as tout un service qui s'occupe de ça. Alors pourquoi moi ? Et pourquoi maintenant ? acheva-t-elle, la voix tremblante.

Il prit une grande inspiration et s'approcha d'elle sans la quitter des yeux.

— C'était une décision spontanée.

— Et très coûteuse.

Il hocha la tête en signe d'assentiment. Décidément, tout cela n'avait aucun sens.

— As-tu pensé à moi ? demanda-t-elle.

— Que veux-tu dire ?

— Depuis que tu as quitté la maison de mon père, as-tu pensé à moi ?

— Oui, répondit-il mais le ton de sa voix n'augurait rien de joyeux.

— J'ai une dernière question.

Soudain, l'atmosphère entre eux se fit électrique. Alicia se demanda s'il allait refuser mais il resta silencieux. Dans l'attente de sa question.

— As-tu déjà été amoureux ? interrogea-t-elle.

Elle retint son souffle et attendit, le regard rivé au sien.

Graciano lâcha sa main et se tourna vers l'océan.

— Veto, annonça-t-il.

Elle inspira en tremblant et se tourna à son tour vers la masse sombre des flots. Au loin l'Espagne continentale se dressait comme une sentinelle, riche de son histoire et de ses merveilles, et Alicia comprit soudain que c'était là-bas qu'elle s'était sentie le mieux au cours de sa vie.

— Ce n'est pas une question difficile, murmura-t-elle.

— Le veto ne dépend pas de la difficulté de la question.

Alicia serra les dents.

— Tu ne joues pas le jeu.

— Tu as raison. Permets-moi dans ce cas de revenir sur ta question précédente : pourquoi t'ai-je fait venir ici ?

Alicia sentit un flot d'émotions l'envahir et elle lutta pour rester debout. Sans doute Graciano le devina-t-il car il enroula un bras autour de sa taille pour la maintenir, ce qui ne fit qu'accroître le trouble d'Alicia.

— Et donc ? demanda-t-elle faiblement.

— J'étais curieux à ton sujet.

— Et aussi en colère, non ? dit-elle en se rappelant sa froideur lors du bal de charité.

— C'était il y a dix ans, éluda-t-il d'une voix calme.

— Tu m'as promis d'être honnête.

Il resta silencieux quelques instants.

— C'est vrai, j'étais en colère, admit-il à voix basse. Pendant longtemps, beaucoup de gens m'ont fait sentir que je ne valais rien. Jusqu'à ce que je te rencontre. Avant toi, personne n'avait jamais voulu de moi.

Le cœur d'Alicia se serra douloureusement dans sa poitrine.

— Mais toi, tu me désirais, reprit-il. Ce n'est que lorsqu'on m'a arraché à cette vie que j'ai vraiment compris à quel point ton avis comptait pour moi. J'étais furieux d'avoir baissé ma garde avec toi. Je m'étais laissé aller à avoir besoin de quelqu'un pour la première fois de ma vie.

— Mon père a été horrible, murmura Alicia d'une voix meurtrie. Mais cela n'a pas changé ce que je ressentais. Je n'avais que seize ans, Graciano !

— Mais avec moi, tu étais une femme.

— C'est vrai, avoua-t-elle avec un sourire empreint de nostalgie. Avec toi, je me sentais femme.

— J'ai quitté Séville et je me suis juré de ne jamais laisser quelqu'un d'autre exercer le pouvoir que tu as eu sur moi cet été-là. Je me suis perdu en toi, *querida*, et c'est une erreur que je n'ai jamais répétée depuis.

Alicia rassembla ce qui lui restait de force pour prendre la parole.

— Mais quand je t'ai appelé pour m'excuser...

— J'avais retenu la leçon, coupa Graciano. Tu étais dangereuse pour moi. Comme des sables mouvants. Quand j'étais près de toi, je ne voulais que toi. J'oubliais tout le reste. Mon frère, mes projets d'avenir, mes désirs de réussite. Il n'y avait plus que toi.

Il s'interrompit et serra la mâchoire.

— J'étais trop égoïste pour m'autoriser cela, poursuivit-il.

Alicia ferma les yeux en entendant son aveu. Leur relation aurait-elle été vouée à l'échec quoi qu'il arrive ? Graciano était un homme ambitieux, sa réussite le prouvait, alors peut-être qu'à l'époque, il se serait détourné d'elle pour ne pas mettre en péril son ascension dans le monde.

— Et donc, tu m'as annoncé que tu avais tourné la page, murmura-t-elle en tremblant.

— Je voulais te chasser de mon esprit, t'effacer de mon corps. Le sexe m'a semblé être le moyen le plus rapide d'y parvenir...

— Et ça a fonctionné ? demanda-t-elle en relevant le menton pour se donner du courage.

— Oui, fit-il et ses yeux brillèrent d'une lueur de défi lorsqu'ils se fixèrent sur ceux d'Alicia.

— Cela n'explique toujours pas pourquoi tu m'as amenée ici, insista-t-elle. Si tu étais en colère, pourquoi ne pas m'avoir tourné le dos sans m'adresser la parole ?

— Où aurait été le plaisir, dans ce cas ?

Elle tressaillit. Elle avait le sentiment d'être soumise à la torture et, d'un autre côté, l'idée de partir dans quelques jours et ne plus revoir Graciano lui semblait insoutenable.

— Je suis venue ici pour le travail, déclara-t-elle.

— Et tu croyais vraiment qu'il ne s'agirait que de ça ? Ou bien espérais-tu...

Il laissa la question planer en suspens entre eux.

— Je ne savais absolument pas à quoi m'attendre, répondit-elle en toute sincérité.

Il marqua une pause.

— Moi non plus, avoua-t-il à voix basse.

Un vent de frustration la traversa. Frustration envers lui, envers leur passé et ses circonstances, envers le désir fou qu'elle ressentait pour lui.

— Es-tu en train de jouer avec moi ? demanda-t-elle sans pouvoir s'en empêcher.

— Dans quelle intention le ferais-je ?

— Je l'ignore. Pour me punir ?

— Me venger ? suggéra-t-il.

— Oui.

— Cela m'a traversé l'esprit, admit Graciano.

Alicia ne put réprimer un frisson.

— C'est pour ça que tu m'as fait venir ? s'écria-t-elle.

Pour coucher avec moi et faire en sorte que... que je tombe amoureuse de toi ?

— Je ne veux pas de ton amour, répliqua-t-il froidement.

— Mais tu veux que je te désire, fit-elle après une longue pause. Tu sais l'effet que tu me fais. Tu m'as amenée ici pour en profiter, pour me séduire. Et ensuite ?

Graciano resta silencieux, mâchoires serrées, mais Alicia devina les émotions obscures qui s'affichaient sur son beau visage tourmenté : de la honte et de la colère.

— C'était mon intention en effet, dit-il lentement. Je voulais te faire mienne pour cette semaine, te faire oublier les autres hommes avec qui tu as été, te faire admettre que tu me désirais plus que tout. Il y a une affaire inachevée entre nous, Alicia.

Il recula d'un pas et un éclair de lune la transperça d'une fine lame d'argent.

— Mais la vérité, c'est que cette nuit que nous avons passée ensemble a eu lieu il y a une éternité, reprit-il. Comme tu l'as dit, c'est de l'histoire ancienne. Laissons reposer le passé là où il est. C'est mieux comme ça.

Et sur ces mots, il tourna les talons et rebroussa chemin en direction du manoir.

7

— Ne pars pas ! s'écria Alicia. C'est toi qui m'as fait venir sur cette île et qui a dépensé une fortune pour profiter de mon temps. Ne me tourne pas le dos sous prétexte que tu n'aimes pas la tournure que prend notre conversation.

— Ce n'est pas ça, répondit Graciano par-dessus son épaule.

— Vraiment ? insista-t-elle en le rattrapant.

— Que veux-tu de moi ? dit-il si doucement qu'elle eut du mal à l'entendre.

Elle tendit le bras et lui attrapa le poignet.

— Va au diable, souffla-t-elle.

Le bruit de leur souffle court emplit l'air en suspens autour d'eux. Avec un léger grognement, Graciano libéra sa main de l'emprise d'Alicia et il enroula un bras autour d'elle pour l'attirer contre lui.

— Ton père nous a séparés brutalement, fit-il d'une voix rauque. C'est pourquoi nous avons le sentiment qu'il y a quelque chose d'inachevé entre nous. C'est pourquoi nous ressentons cette compulsion. Nous devons nous débarrasser de cette sensation, la laisser s'éteindre et, alors seulement, nous pourrons passer à autre chose.

Passer à autre chose. Les mots de Graciano résonnèrent dans l'esprit d'Alicia, et son cœur se serra sans qu'elle comprenne pourquoi.

Une pensée douloureuse s'imposa à elle. Elle n'était pas

prête à lui parler d'Annie mais elle avait besoin d'une sorte d'absolution.

— Graciano, chuchota-t-elle. J'étais en colère, moi aussi. Tellement en colère. Je n'avais que seize ans et tu étais mon meilleur ami. Mon seul ami.

Il lui lança un regard incrédule qu'elle ignora.

— Toi aussi tu m'as laissée tomber. J'avais besoin de toi. J'avais besoin de...

Il l'embrassa avant qu'elle ne puisse achever sa phrase. Un baiser furieux et doux, destiné à faire taire ses tristes supplications. Puis il l'allongea sur le sol et elle sentit l'herbe fraîche dans l'air chaud du soir. Le poids de Graciano au-dessus d'elle était un délice enivrant.

Ses mains la parcoururent rapidement, la déshabillant avec impatience tandis qu'il l'embrassait, écrasant ses lèvres, touchant ses hanches, lui promettant silencieusement une foule de plaisirs à venir.

Nue sous lui, elle se cambra pour venir davantage à son contact mais il resta immobile en la fixant.

Alicia soutint son regard jusqu'à ce que son cœur explose et qu'elle doive réduire la distance qui les séparait pour s'empêcher de prononcer les trois mots qui pulsaient dans son esprit sans aucun point d'ancrage avec la réalité. Elle ne l'aimait pas. Elle l'avait aimé très longtemps auparavant, alors qu'elle n'était qu'une adolescente qui ne savait rien de la vie, des gens et de ce que l'amour signifiait vraiment.

Lorsqu'ils se touchaient, aucune explication n'était nécessaire, comme si c'était inscrit dans les étoiles. Elle murmura les syllabes rauques et exotiques de son nom sous la lumière de la lune.

Graciano se défit de sa chemise et la lança à terre à côté d'eux. Sur son torse puissant, juste sous la poitrine, Alicia aperçut des mots tracés en écriture cursive et elle posa un doigt dessus en les prononçant à haute voix pour qu'ils flottent dans l'air, ajoutant du poids à l'incantation de son nom.

— *Que cada palo aguante su vela.*

Elle n'avait aucune idée de ce qu'ils signifiaient mais elle les trouva magnifiques.

— *Si*, dit-il à voix basse en venant se placer au-dessus d'elle.

Animée d'une faim dévorante, elle déboutonna le pantalon de Graciano avant de le faire glisser vers le bas, incapable de se retenir plus longtemps.

Dix ans auparavant, leur rencontre avait été timide et douce - une exploration, un éveil - mais, à présent, une décennie de frustration les tenaillait, poussant Alicia à le déshabiller, le libérer pour assouvir un désir qui la dévorait avec la puissance de mille soleils.

— S'il te plaît, gémit-elle et il eut un rire doux et grave mais soudain, il s'immobilisa.

— Nous ne pouvons pas.

Elle crut mourir et ouvrit de grands yeux en le regardant fixement.

— Que veux-tu dire ?

— Je n'ai pas de préservatif.

— Oh ! mon Dieu, souffla-t-elle en portant une main à sa bouche.

Emportée dans son élan, elle avait oublié cette précaution élémentaire.

Pourtant, cette nuit-là, ils s'étaient protégés mais cela ne l'avait pas empêchée d'être enceinte.

— J'en utilise toujours, précisa-t-il en serrant les dents avant de jurer.

Elle tressaillit, non pas à cause du mot lui-même, mais du fait de la force de sa déception qui résonnait en écho avec celle de Graciano.

— Oh ! non, gémit-elle en tremblant.

En cet instant, elle aurait presque risqué d'avoir un autre enfant, simplement pour ressentir le plaisir infini d'être à nouveau possédée par lui.

Mais que faire ? Comment être sûre qu'elle ne deviendrait pas enceinte alors que l'impossible s'était déjà produit ?

— Est-ce que tu prends la pilule ?

Elle secoua lentement la tête.

— Je n'ai pas l'habitude de ce genre de choses, murmura-t-elle.

Il l'embrassa à nouveau avec une telle passion qu'elle perdit totalement l'esprit et que ses hanches se mirent à bouger toutes seules, l'invitant silencieusement à la posséder pour ne faire plus qu'un avec elle. Il glissa sa main entre les cuisses d'Alicia pour caresser son sexe, trouvant sans difficulté le point le plus sensible de son intimité, et elle cria contre sa bouche. Un plaisir inouï la submergea, montant en vagues délicieuses jusqu'à ce que tout son corps tremble entre les mains savantes de Graciano.

Il la pénétra profondément d'un doigt et elle gémit plus fort. Guidée par son seul instinct, elle fit glisser ses mains sur le torse de Graciano, le long des lignes sculptées de ses abdominaux et descendit jusqu'à son sexe dressé qu'elle saisit dans ses paumes. Il grogna et accéléra la cadence de ses caresses à tel point qu'Alicia ne fut plus capable de bouger, d'entendre ou de parler. Elle était comme une boule de feu brûlant de l'intérieur. Elle gémit contre sa bouche et, quand la chaleur de son orgasme explosa en elle, elle cria le nom de Graciano dans le ciel nocturne et se cambra, entièrement vaincue par la violence de son plaisir.

Graciano regarda Alicia retrouver peu à peu ses esprits en s'efforçant de garder lui-même son sang-froid, car elle tenait, serré dans sa main, son sexe en érection et il mourait d'envie de la pénétrer et de plonger enfin en elle. Il fit lentement remonter ses mains jusqu'aux seins d'Alicia qu'il saisit doucement, et elle relâcha sa prise sur lui pour s'étendre dans l'herbe et le fixer d'un air grave comme si elle ne l'avait jamais vu auparavant.

Une sensation étrange flottait entre eux, et il devina qu'elle portait en elle une souffrance qu'il ne pouvait comprendre. Alors, il l'embrassa lentement pour effacer son froncement de sourcils, désireux de la goûter et de la sentir.

Dix ans auparavant, quand il lui avait fait l'amour et pris son innocence sur un drap étendu dans un champ, il avait ressenti une connexion unique entre eux. Avant Alicia, il avait couché avec d'autres femmes mais jamais il n'avait eu le sentiment de communier autant avec quelqu'un, comme si leurs âmes étaient liées. Cette expérience infiniment intime l'avait changé pour toujours.

Depuis, il n'avait jamais retrouvé cela et il ne pouvait s'empêcher de se demander : serait-ce encore ainsi ? La regarder jouir avait fait naître en lui des sensations qu'il pensait avoir détruites. Qu'il avait tout fait pour oublier. Il fronça les sourcils. Il devait apaiser cette faim qui le tourmentait. Après seulement, il pourrait oublier Alicia et aller de l'avant.

Graciano prit Alicia dans ses bras comme il l'avait fait le jour de son arrivée lorsqu'elle s'était blessé la cheville, et il la porta, nue, en direction de la maison.

Ce n'est que lorsqu'ils eurent franchi les portes qu'elle retrouva un peu ses esprits. Elle tressaillit et posa une main sur son épaule.

— Isabella ? chuchota-t-elle angoissée en jetant des coups d'œil autour d'elle.

— Je ne la vois nulle part, répliqua Graciano mais il accéléra la cadence et prit un escalier qui menait à une partie de la maison qu'elle n'avait pas explorée.

Lorsqu'il ouvrit la porte de sa chambre, le cœur d'Alicia s'emballa dans sa poitrine. Elle allait enfin découvrir son sanctuaire privé.

Elle aperçut un lit immense entouré de deux tables de nuit en bois sombre ainsi qu'un gros canapé en cuir. Un écran plat était fixé au-dessus de la cheminée, et elle repéra deux portes étroites situées sur le mur du fond de la vaste pièce. Alicia supposa que l'une menait vers un dressing et l'autre vers une salle de bains, à en juger par les carrelages au sol. Les murs étaient ornés d'œuvres d'art modernes et audacieuses, et les fenêtres, entourées de lourds rideaux en lin bleu marine.

C'était un univers résolument masculin. D'ailleurs, il flottait dans l'air son parfum d'eau de Cologne, dont l'odeur la rendait folle.

Graciano la déposa sur le bord du lit et il se recula pour la regarder.

— Tu es sûre d'en avoir envie ? dit-il en la fixant avec une intensité qui la fit frémir.

Elle fut tentée un instant de le taquiner mais son désir était puissant, et leur passé, trop douloureux pour céder à la frivolité.

— Oui.

Il se dirigea vers l'une des tables de chevet et ouvrit un tiroir dont il sortit un préservatif qu'il déchira d'un geste avant de le dérouler sur son sexe dressé. Puis il s'approcha d'elle et elle le contempla, fascinée. D'abord son torse puis son membre puissant, gonflé de désir. Elle se mit à respirer plus vite tandis qu'une vague de chaleur brûlante naissait entre ses cuisses.

— J'ai envie de toi, murmura-t-elle en levant la main pour le toucher, mais il la devança et la poussa en arrière sur le lit.

Il se coucha sur elle et plaqua sa bouche contre la sienne, lui écartant les cuisses avec ses genoux pour venir se placer entre elles.

Alicia se mit à trembler tant son désir était fort. Graciano lui attrapa les deux mains et les pressa dans les siennes tandis qu'elle se tortillait sous lui, mourant d'envie qu'il vienne enfin au plus profond d'elle.

Il vint la caresser doucement de la pointe de son sexe en restant en superficie, comme pour la taquiner et lui faire perdre la tête. Elle gémit douloureusement et tenta de se cambrer pour qu'il s'enfonce en elle mais il la maintint fermement, dans un contrôle total, même si elle voyait à ses traits tendus que cela lui demandait un effort considérable.

— Je te veux, gémit-elle et alors, il la pénétra d'une traite, fort et vite.

Elle cria de bonheur tandis qu'il la possédait entièrement, franchissant des barrières que lui seul avait déflorées.

Il était si puissant et si large qu'elle gémit alors que le début d'un nouvel orgasme menaçait d'exploser en elle.

— *Cristo*, tu es tellement étroite, grogna-t-il en posant sa bouche sur son cou pour l'embrasser doucement et la mordiller, alternant plaisir et douleur compensée par la chaleur de ses lèvres et de son souffle tiède sur sa peau.

Il glissa plus bas, jusqu'à la base de son cou, et elle manqua de s'évanouir de plaisir. Il lui chuchota à l'oreille des mots en espagnol qu'elle ne comprenait pas mais qu'elle adorait et, tout doucement, il commença à bouger, faisant des va-et-vient de plus en plus rythmés et profonds. Une nouvelle vague de plaisir déferla en elle tandis qu'elle prenait la mesure de la façon dont il s'était retenu jusque-là. À présent, il donnait tout et elle se débattait, se tordait et criait comme si elle n'était plus humaine.

À nouveau, elle sentit son univers basculer alors qu'un tsunami de plaisir lui enlevait ce qui lui restait de raison et, cette fois, Graciano la rejoignit dans l'extase, ce qui ne fit qu'ajouter à la perfection du moment.

Alicia étouffa un sanglot tandis qu'il reposait sur elle, leurs cœurs à l'unisson, aussi essoufflés l'un que l'autre.

Une larme unique coula sur sa joue, et Graciano se releva en fronçant les sourcils pour la regarder d'un air grave. Ses yeux scannèrent les siens, et Alicia y vit briller de l'inquiétude mais, très vite, il lui sourit et son cœur explosa dans sa poitrine. C'était le Graciano qu'elle avait connu, débarrassé de son cynisme et de sa colère, libéré des barrières qu'il avait érigées pour se protéger du monde.

Il s'écarta d'elle pour se mettre sur le dos, et le corps d'Alicia tout entier protesta. Pourtant, elle savait avec chaque fibre de son être qu'ils seraient à nouveau réunis. Au moins pour cette semaine. Ensuite, leurs chemins se sépareraient mais, ici et maintenant, il ne pouvait en être autrement.

Ils restèrent allongés côte à côte un long moment et, peu à peu, Alicia sentit son souffle s'apaiser et elle retrouva ses esprits. Elle n'avait aucun regret.

— C'était...

Elle s'interrompit, ne trouvant pas le mot approprié.

— Sympa ? suggéra Graciano.

— Oui, je suppose, acquiesça-t-elle en souriant.

— Sympa ? répéta-t-il d'un air indigné. J'espère que, pour toi, c'était un peu plus que ça !

Elle rit doucement et se tourna vers lui. Mauvaise idée. Son cœur fit un bond et l'émotion la submergea à nouveau. Les larmes affleurèrent à ses yeux et elle se remit vite sur le dos pour dissimuler son trouble.

— Qu'y a-t-il ? s'enquit-il.

Comment répondre à cette question ? Lui avouer à quel point elle était triste pour tout ce qu'ils avaient perdu ? La chance d'être ensemble, de devenir une famille, de mieux se connaître après cette unique nuit qu'ils avaient passée ensemble.

Alicia avait été manipulée par un père qui ne supportait pas l'idée que sa « petite fille parfaite » lui échappe. Et cela lui avait coûté son amour.

Elle serra les dents en refoulant ce passé douloureux et posa un doigt sur le tatouage de Graciano.

— Qu'est-ce que cela signifie ? demanda-t-elle pour changer de sujet.

Il hésita avant de répondre.

— Cela veut dire : « Que chaque mât tienne sa propre voile. »

— Je ne comprends pas, fit-elle en fronçant les sourcils.

— Sur un navire, chaque mât porte une voile qui lui est propre. Celle-ci se gonfle dans la brise et le vent la dirige. Nous faisons des choix, et ces choix ont des conséquences.

— Chaque mât porte sa propre voile, répéta-t-elle doucement en pensant à Annie et à la décision qu'elle avait dû prendre. Depuis quand as-tu ce tatouage ?

— Des années...

— Combien ? insista-t-elle. Deux ans, cinq ans, dix ans ?

— Environ huit ans, je crois. Je ne me souviens plus très bien.

— Pourquoi cette phrase ?

— J'aime cette expression, fit-il en haussant les épaules comme si cela n'avait pas d'importance. Mon père avait l'habitude de l'employer.

Alicia savait que Graciano n'aimait pas évoquer sa famille, alors, en entendant la référence désinvolte à son père, elle se redressa sur un coude et le regarda avec attention.

— Parle-moi de lui, demanda-t-elle.

Il ferma les yeux et elle comprit qu'elle était allée trop loin. Il ne dirait rien. Elle eut un soupir de résignation face à cette partie de sa vie qu'il gardait scellée.

— Mon propre père vit toujours à Séville, tu sais, finit-elle par murmurer après un long silence en suivant distraitement du doigt le tatouage sur sa poitrine.

— Je l'ignorais, commenta Graciano d'un ton froid.

— Sa vie est là-bas, à présent.

— Pas avec toi ?

— Je ne l'ai pas vu depuis des années...

La poitrine de Graciano s'immobilisa, comme s'il retenait son souffle.

— Il m'a envoyée en Angleterre un mois après ton départ.

— Toute seule ?

Elle acquiesça en silence. Mille questions se pressaient dans le regard qu'il lui lança.

— Qu'as-tu ressenti alors ?

— Mieux vaut ne pas savoir ce que j'ai éprouvé à ce moment-là, répliqua-t-elle vivement. Mais maintenant, je suis contente qu'il ait fait ça. C'était la bonne décision.

— Tu avais seize ans. Il était ta seule famille.

— Pas tout à fait. J'ai vécu chez ma grand-mère. Sa mère.

— Et ensuite, tu ne l'as plus revu ?

Alicia pâlit et hésita avant de répondre.

— Il ne voulait plus me voir, finit-elle par murmurer.

Graciano lui attrapa la main et la tint contre lui sur sa poitrine.

— À cause de moi ? demanda-t-il doucement.

— À cause de ce que nous avions fait.

Il jura dans sa barbe.

— Tu n'étais qu'une adolescente qui avait commis une erreur.

— Il ne m'avait pas élevée pour que je commette des erreurs, ou plutôt des *péchés*, corrigea-t-elle. Ce que nous avions fait était un crime aux yeux du Seigneur. Ce sont ses mots, pas les miens.

— Et donc, il t'a chassée ?

— Pas dans la rue comme il l'a fait pour toi, précisa-t-elle avec amertume.

— Ce n'était qu'une nuit, fit Graciano en secouant lentement la tête sans se rendre compte que sa remarque la blessait. Qu'en est-il du pardon ?

— J'ai compris que les paroles de mon père n'étaient pas en adéquation avec la vie qu'il menait, répondit Alicia tristement.

— Je me suis fait la même réflexion.

Leurs yeux se rencontrèrent et ils surent qu'ils se comprenaient parfaitement.

— Pourquoi avoir pris la peine de lui avouer la vérité à notre sujet ? reprit-il. J'étais déjà parti sans intention de revenir.

Elle se mordit la lèvre. Dix ans après, la blessure était toujours aussi vive.

— Je...

— Sois honnête, insista-t-il en la voyant hésiter.

Elle hocha la tête.

— Je ne supportais pas l'idée qu'il puisse penser cela de toi. Et qu'il raconte ces horreurs à qui que ce soit. Je ne voulais pas que ce que nous avions partagé soit sali de cette façon. Tu méritais tellement mieux...

Graciano lui caressa doucement la joue.

— Je me suis trompé à ton sujet. Toutes ces années, je t'ai prise pour quelqu'un de lâche.

Le cœur d'Alicia s'envola mais elle ne méritait pas ses éloges. Annie était là, au fond de son esprit, un secret qu'elle avait gardé pour protéger Graciano, mais maintenant, en tant qu'adulte, elle comprenait à quel point elle l'en avait privé.

— Mon père était un homme merveilleux, murmura-t-il soudain et, émue de cette déclaration, elle se serra contre lui en attendant qu'il poursuive. Je n'avais que sept ans quand il est mort mais mes souvenirs de lui et de ma mère sont très présents. Enfant, je savais seulement qu'il était avocat. Maintenant, j'ai davantage d'informations. Il était spécialisé dans le droit des familles et travaillait auprès d'enfants. Ma mère était médecin, ajouta-t-il avec un sourire triste. Elle avait cessé de travailler pour s'occuper de nous et envisageait de reprendre son métier. C'était parfois un sujet de dispute entre eux.

— Il ne voulait pas qu'elle travaille ?

— Je suppose que non. Elle était très belle, avec de longs cheveux noirs qu'elle accrochait toujours en chignon. Chaque soir, elle s'asseyait en tailleur sur le canapé et retirait une à une les épingles de sa tête jusqu'à ce que ses cheveux tombent en cascade sur ses épaules. Mon père la peignait avec ses doigts et elle ronronnait comme un chaton.

Il eut un sourire presque gêné.

— C'est drôle, reprit-il, les détails dont on se souvient... Certains souvenirs comme celui-là sont emprisonnés dans mon esprit. Je peux les convoquer quand j'en ai envie. D'autres sont plus douloureux.

Alicia entrelaça leurs doigts et déposa un petit baiser au creux de la main de Graciano.

— Elle avait l'habitude de nous lire une histoire tous les soirs. Je me souviens du petit corps de mon frère recroquevillé contre le mien, et de ma mère, penchée au-dessus de nous. Elle nous caressait doucement le front jusqu'à ce qu'on s'endorme.

— On dirait que tu étais très aimé.

— Ils étaient de bons parents, confirma Graciano en hochant la tête. Ils m'ont appris l'importance de la famille.

— Et ton frère... ? hésita Alicia.

— Je sais seulement qu'il a survécu à l'accident et qu'après, nous avons été séparés.

— Que veux-tu dire ? demanda-t-elle en lui lançant un regard interrogateur.

— Il a été gravement blessé. Pas moi. On m'a placé dans une famille d'accueil. J'ai pu aller le voir une seule fois à l'hôpital. J'espérais qu'il me rejoindrait quand il irait mieux mais mes parents adoptifs n'avaient pas les moyens de prendre en charge un autre enfant et il a été placé ailleurs.

— C'est terrible... As-tu réussi à le retrouver ?

— Non. Au bout de quelques mois, je suis passé de foyer en foyer.

Graciano s'interrompit et se dirigea vers une commode en bois. Il ouvrit un tiroir et en sortit une photo qu'il lui tendit.

— Je n'avais que cela avec moi.

Alicia contempla le cliché abîmé. On y voyait un homme mince et souriant aux cheveux mi-longs, vêtu d'une chemise déboutonnée et d'un jean. À ses côtés se tenaient deux petits garçons : elle reconnut Graciano, le regard fixé sur l'objectif, et son petit frère, un bambin potelé et hilare.

Alicia sourit, émue aux larmes en regardant la femme qui figurait à côté des trois garçons. Elle était telle que Graciano l'avait décrite. Très belle, avec des cheveux noirs soyeux et un regard plein d'âme. Une femme qui lui était douloureusement familière. Car Annie ressemblait trait pour trait à sa grand-mère paternelle. Même yeux, même visage, même sourire.

Alicia porta sa main libre à sa bouche et y pressa le bout des doigts, l'ampleur de sa trahison pesant soudain une tonne.

— Enfant, j'étais impuissant et je n'ai rien pu faire pour retrouver Diego. Mais je me rappelais sans cesse les paroles de mon père : « Tu dois protéger ton frère. C'est ton devoir. »

Alicia hocha lentement la tête, bouleversée par ces révélations.

— Plus tard, un de mes employés a pris le temps de se renseigner pour moi. Il m'a dit que Diego avait été adopté par une famille américaine. J'ignore si c'est vrai. Les dossiers d'adoption ne sont pas accessibles au public.

— Comme ça a dû être douloureux pour toi, murmura Alicia. Il doit bien y avoir quelque chose à...

— J'ai embauché un enquêteur il y a quelques années, coupa Graciano. Mais il ne m'a rien appris de plus.

— Engages-en un autre, suggéra-t-elle. Je suis sûre que...

— Crois-moi, j'ai tout essayé. C'est comme si son dossier avait été effacé. Je ne sais pas ce que mon frère est devenu et, pendant des années, j'ai vécu avec cette culpabilité vis-à-vis de mon père.

— Ton père ne t'en voudrait pas ! s'écria Alicia. Rien de tout cela n'est ta faute. C'est si barbare de séparer une fratrie.

Mais ne s'était-elle pas comportée de la même manière en ne permettant pas à Graciano de connaître sa fille ? Elle eut un mal fou à le regarder, anéantie par le poids de cette culpabilité qui s'imposait soudain à elle.

— Pourquoi as-tu fini par quitter les foyers d'accueil ?

— J'ai eu plusieurs expériences pénibles dans des familles alors, quand j'ai eu quatorze ans, j'ai décidé de me débrouiller seul. La vie dans la rue me semblait plus attrayante.

— Dans les foyers, tu avais au moins un lit et de quoi manger à ta faim...

— Tout a un prix, Alicia. J'ai préféré payer le mien dans la rue.

C'était si triste. Elle avait mal en imaginant les épreuves que Graciano avait dû traverser.

— Et votre héritage ? demanda-t-elle soudain. Vos parents possédaient sûrement de quoi t'épargner d'avoir à vivre dehors ?

— Oui, mais malheureusement je l'ai appris trop tard et, à l'époque, j'étais déjà très riche. J'ai conservé cet héritage intact pour mon frère, au cas où il en aurait un jour besoin.

— Je suis sûre que tu retrouveras Diego, déclara Alicia d'une voix confiante. Les gens ne disparaissent pas comme ça.

— Je voudrais simplement savoir s'il est heureux. Nous étions très proches. Je l'adorais. C'est si cruel que la vie nous ait séparés.

Bouleversée, Alicia lui tendit la photographie. Les mots qu'il venait de prononcer correspondaient exactement à ce qu'elle ressentait pour lui. Elle l'aimait tellement il y a dix ans. Combien de fois avait-elle pensé à lui depuis ? Tous les jours. Chaque fichu jour de sa vie. Elle s'était dit que c'était à cause d'Annie mais, en le regardant à présent, elle comprenait que ce n'était pas cela. C'était Graciano qui lui manquait. C'était lui qu'elle voulait.

Soudain, Alicia eut le sentiment d'être à la dérive dans un océan agité, sans bouée à laquelle se raccrocher.

Graciano pensait qu'Alicia s'était assoupie mais soudain, elle se tourna vers lui, le fixant de son regard intelligent, et une sensation ancienne, qu'il croyait oubliée, naquit au fond de ses entrailles.

— Graciano, dit-elle doucement en lui posant une main sur la poitrine. Tout à l'heure, quand nous étions en train de...

— De faire l'amour, acheva-t-il en souriant, amusé qu'elle soit toujours intimidée à l'idée de formuler ces mots.

— Non, avant cela, quand nous étions dans l'herbe et que nous n'avions pas de protection. Est-ce que...

Elle s'interrompit avec un soupir de frustration et il fronça les sourcils, ne comprenant pas où elle voulait en venir.

— Tu ne...

— Qu'essaies-tu de me dire, Alicia ? fit-il en riant avant de lui prendre la main pour la porter à ses lèvres et l'embrasser.

— Les enfants, dit-elle rapidement sans croiser son regard. Tu n'en veux pas ?

— Pourquoi ? demanda-t-il en haussant les sourcils. Tu en veux, toi ?

Elle sembla se concentrer sur le tatouage de sa poitrine.

— Tu semblais révulsé à cette idée.

— Non, pas révulsé, corrigea-t-il en cherchant un mot adéquat pour décrire ce qu'il ressentait. Fermement opposé.

Il aurait aimé savoir ce qu'Alicia pensait, mais le visage de la jeune femme était impossible à déchiffrer.

— Pourquoi ? fit-elle d'une petite voix.

Comment expliquer à Alicia le trou béant qui s'était ouvert dans sa poitrine quand il avait perdu les siens ? Dès l'adolescence, il avait décidé qu'il n'aurait jamais de famille. Il était trop solitaire et indépendant.

— Ils sont dégoûtants avec leurs petites mains poisseuses, dit-il pour plaisanter.

— Je suis sérieuse, insista Alicia en clignant des yeux. Tu as forcément pensé à la possibilité d'avoir un enfant.

— Je n'en veux pas, répliqua Graciano fermement. C'est une décision dont je n'ai jamais douté.

Pourquoi était-il incapable d'avouer à Alicia que la seule fois où ces certitudes avaient vacillé et qu'il avait imaginé un destin moins solitaire, c'est lorsqu'il l'avait rencontrée ?

Mais il se trompait à l'époque. Cela n'avait aucun sens d'imaginer ces folies.

— Ma famille est morte quand j'avais sept ans, expliqua-t-il. Depuis, je n'ai plus jamais voulu en avoir une autre.

Il attendit qu'Alicia ajoute quelque chose mais elle avait fermé les yeux et il décida de la laisser dormir, ou faire semblant de dormir, car le silence lui convenait aussi.

8

Graciano se glissa lentement hors du lit. Il prit quelques instants pour s'assurer qu'Alicia dormait toujours. Ils avaient passé une nuit agitée, rythmée par la passion de leur désir insatiable l'un pour l'autre. Ils s'étaient sans cesse embrassés, explorés, faisant l'amour comme si leur vie en dépendait.

Le corps de la jeune femme lui était maintenant aussi familier que le sien, et pourtant Alicia demeurait un mystère.

Il se raidit en se rappelant les paroles qu'elle avait prononcées en décrivant la façon dont son père l'avait rejetée, et une colère sombre le gagna.

Le pasteur Griffiths était décidément un total *bastardo*.

Pourquoi Graciano n'avait-il pas prévu qu'il y aurait des conséquences pour Alicia ?

Il s'habilla rapidement et quitta la pièce, fermant doucement la porte avant de longer le couloir.

La triste réalité, c'est qu'il avait été tellement concentré sur lui-même qu'il n'avait pas pensé à Alicia, au-delà de la déception et de la colère qu'il avait ressenties envers elle. Il n'avait pas prévu qu'elle irait voir son père pour lui avouer la vérité.

Comment était-ce possible ? Cet été-là, il avait passé des semaines à l'admirer, à la regarder, à tenter de la comprendre. Elle ne ressemblait à personne. Elle ne le jugeait pas et ne se souciait pas de son passé. Alicia avait été la première à le voir tel qu'il était et à le désirer ainsi. C'est ce qui avait rendu son rejet encore plus violent. Elle l'avait amené à la lumière avant de l'en priver, et il lui en voulait pour cela.

Mais cela méritait-il vraiment une décennie de mépris ?

Graciano s'arrêta dans la cuisine et pressa ses paumes contre la surface du bar, assailli par les souvenirs de cette matinée funeste.

— Tu as profité de ma fille ! avait hurlé Edward Griffiths. Tu l'as violée !

Et Alicia, silencieuse avait fixé le sol avec un visage de cendre. Il avait attendu qu'elle intervienne. En vain.

— Fous le camp de chez moi ! Si je te revois, j'appelle la police.

Sur ces mots, le pasteur avait pris Alicia par le bras et ils étaient partis. Pour Graciano, la loyauté était un caractère essentiel. Mais s'il s'était trompé ? Et si l'air figé qu'elle avait affiché était dû tout simplement à la peur que lui inspirait son père ? Son ventre se noua à cette pensée.

Il se prépara un café puis se glissa hors de la cuisine avant que quelqu'un apparaisse. Il avait besoin d'être seul pour réfléchir. La nuit dernière avait tout changé.

Les paramètres qui avaient défini son existence et les règles qu'il avait mises en place pour se protéger volaient en éclats sans qu'il parvienne à les contrôler.

Il savoura une longue gorgée de café et sortit dans le jardin. Sans même s'en rendre compte, il se rendit sur le terrain plat au bord de la mer où ils avaient passé du temps la veille au soir.

Le fait de ne pas développer d'attachements lui permettait de s'éloigner de n'importe qui à tout moment.

Ne pas aimer était tellement plus simple.

L'accident ne l'aurait pas détruit comme il l'avait fait si Graciano n'avait pas autant aimé ses parents et son frère.

Alicia représentait une menace. En tout cas elle le deviendrait s'il continuait à se laisser aller à des rêveries insensées, imaginant qu'il pourrait y avoir plus que ces quelques jours entre eux. Peut-être un avenir ensemble...

Il devait à tout prix prouver qu'il pouvait contrôler le désir qu'il avait d'elle et s'en affranchir à sa guise.

Il termina son café et se pencha pour ramasser dans l'herbe leurs vêtements éparpillés. Il saisit le tissu de sa robe couvert de rosée et inspira profondément le parfum de vanille qui s'en dégageait. Un pincement lui noua le ventre. Il n'y avait pas d'avenir entre eux. Même si elle avait expliqué sa version, cela ne changeait rien.

Deux fois dans sa vie, Graciano avait été blessé au plus profond de lui-même. Plus jamais il ne se laisserait détruire ainsi. Il devait s'éloigner d'Alicia et de leur passé. Et réduire à néant l'espoir d'une possibilité d'avenir avec cette femme qu'il s'était juré de toujours détester.

Alicia cligna des yeux, éblouie par la vue magnifique de la mer dans la lumière du matin. Elle entendit le glissement feutré d'une baie vitrée qui s'ouvrait et son cœur fit un bond en apercevant Graciano. Elle se redressa en souriant sur le lit.

Il était vêtu d'un pantalon sombre et d'une chemise blanche aux manches retroussées aux coudes.

— Je ne m'étais pas rendu compte que tu étais sorti.

— Je suis juste allé boire un café.

— Tu viens me rejoindre ? fit-elle d'un ton coquin mais il se contenta de secouer négativement la tête, ce qui lui fit l'effet d'une douche froide.

Il resta silencieux un long moment, les sourcils froncés.

Regrettait-il ce qui s'était passé ? Était-il en colère contre elle ? Si oui, pour quelle raison ? Alicia avait beau se creuser la tête, elle ne voyait pas un seul sujet de discorde dans leur conversation de la veille.

La gorge nouée, elle fixa l'horizon.

— J'ai des réunions à Barcelone aujourd'hui, annonça-t-il.

Il partait. Il fuyait.

— Je vois, répliqua-t-elle en pinçant les lèvres.

— Je serai de retour pour le dîner.

Elle se tourna vers lui en s'efforçant de lui cacher à quel point elle était blessée et inquiète.

— Tu n'as pas à me tenir au courant de tes allées et venues, murmura-t-elle d'une voix faible avec un sourire forcé.

— Je me suis dit que tu risquais de remarquer mon absence, répondit-il en haussant les épaules. C'était pour être poli.

— J'ai de quoi m'occuper, ne t'inquiète pas, ajouta-t-elle en désignant du regard son bloc-notes et son ordinateur.

— Je ne m'inquiète pas. Je t'informe juste que je serai absent pour la journée.

— Eh bien je m'en fiche ! s'écria-t-elle, consciente qu'elle révélait combien elle était bouleversée. Ce qui s'est passé entre nous ne change rien, Graciano. Tu ne m'as pas prévenue hier que tu ne serais pas là et tu n'avais pas de raison de le faire aujourd'hui. Tout va bien.

Une vague d'amertume l'enveloppa tout entière alors qu'elle prononçait ces mots qu'elle ne pensait pas. Elle était terriblement déçue par sa distance glaciale alors qu'elle rêvait qu'il vienne l'embrasser. Blessée de comprendre qu'il avait tracé une frontière invisible entre leur passion de la veille et leur relation d'aujourd'hui. Triste de s'être laissée aller à l'espoir, ne serait-ce qu'un instant, d'un avenir avec lui. D'une famille.

Sa souffrance était si forte qu'elle eut du mal à respirer.

Quelle idiote elle avait été...

— Isabella sait comment me joindre. Si tu as besoin de quoi que ce soit, n'hésite pas à la solliciter.

— Je suis sûre que ce ne sera pas nécessaire, répliqua-t-elle en se forçant à sourire.

Graciano plongea ses yeux sombres dans les siens et il la fixa en silence quelques secondes, puis il se retourna et quitta la pièce sans un mot. Alicia s'allongea à nouveau sur le lit, soulagée de pouvoir s'abandonner à sa tristesse tandis que les larmes jaillissaient de ses yeux. Il ne fallait surtout pas qu'il sache à quel point elle était blessée par son attitude.

Moins d'une minute plus tard, elle entendit les pales de l'hélicoptère qui s'élançait dans le ciel pour emmener Graciano loin d'elle.

Dieu merci, Graciano était très occupé. Il en était au dernier stade des négociations dans l'acquisition de l'entreprise qu'il convoitait. C'était son moment préféré car, à ce moment-là, il détenait toutes les ficelles et savait précisément comment atteindre ses objectifs.

En général, il parvenait à se concentrer avec l'acuité d'un laser, mais aujourd'hui il était distrait et cela l'agaçait au plus haut point.

Ce fut donc avec un soupir de soulagement qu'il referma la porte de son bureau après son rendez-vous et qu'il se dirigea vers les fenêtres qui offraient une vue spectaculaire sur Barcelone. Comme toujours, il fut pris d'une bouffée de satisfaction face à ce panorama. Il aimait cette ville qui l'avait accueilli quand il n'était rien et où il avait fait fortune. C'est là qu'était sa place dans le monde, son royaume, et pourtant son regard se porta vers le sud, en direction de la mer au large de Valence. Il imagina Alicia dans son île, guettant son retour, perchée sur la tourelle. Impatiente et pleine de désir.

Graciano jura dans sa barbe et il se passa nerveusement une main dans les cheveux. C'était plus difficile qu'il ne le pensait. Cette femme le tenait. Il devait absolument se débarrasser de son emprise. Il l'avait amenée là-bas pour lui prouver qu'il était plus fort que le pouvoir qu'elle exerçait sur lui, pas pour retomber dans ses filets.

C'est ici, dans le monde impitoyable de l'entreprise qu'il était le meilleur. Ici, la vie était simple et sous contrôle. Peu importe ce que les gens pensaient de lui ou le nombre d'ennemis qu'il se faisait.

La réussite financière était sa mesure objective du succès. La seule référence qui lui importait.

La place d'Alicia devait être aussi étroitement contrôlée que toutes les autres facettes de sa vie.

Il se dirigea d'un pas déterminé vers son bureau et saisit son téléphone.

— Réservez-moi un dîner quelque part, demanda-t-il à son assistante. Et prévenez Isabella que je ne rentre pas ce soir.

Graciano raccrocha en fronçant les sourcils.

Pourquoi cette décision salvatrice ne lui apportait-elle pas le soulagement escompté ?

Alicia contempla tristement la chaise vide en face d'elle.

Graciano ne revenait pas ce soir.

Isabella lui avait transmis ce message d'un air désinvolte.

Alicia s'était sentie rejetée alors qu'elle n'attendait qu'une chose : le retrouver et lui demander pourquoi il avait été si distant ce matin. Il n'aurait pas pu lui faire comprendre plus efficacement qu'il regrettait ce qui s'était passé entre eux.

Elle planta sa fourchette dans un morceau de poisson et se força à le manger malgré son manque d'appétit. Elle n'avait pratiquement rien avalé de la journée.

Coucher avec Graciano avait été une erreur. Elle s'était laissée aller à croire que les choses pourraient être différentes entre eux mais, en réalité, elle avait été naïve. Même s'il était capable de changer, même si elle lui ouvrait à nouveau son cœur, rien ne pourrait effacer le fait qu'elle lui avait caché l'existence de leur fille. Il y avait trop de ressentiment entre eux pour surmonter ce problème. Aucun espoir.

Elle devait arriver à lui parler d'Annie. Il fallait qu'il sache.

Mais n'était-ce pas égoïste de sa part ? Graciano avait été clair sur le fait qu'il ne voulait pas d'enfants.

Qu'arriverait-il s'il choisissait de tourner le dos à Annie ?

Ou si cette nouvelle le dévastait ?

Alicia gémit doucement, en proie à une inquiétude lancinante. Elle ignorait ce qu'il fallait faire, mais rester assise là à se languir de lui n'était pas une option.

Que cada palo aguante su vela. Chaque mât a sa propre voile.

Elle avait mûri. C'était elle à présent qui détenait les ficelles de sa vie. Elle pouvait encore faire marche arrière.

Hors de question qu'elle demeure ici prisonnière comme la première occupante de cette île, espérant désespérément les attentions d'un homme qui n'était pas ce qu'elle attendait de lui.

Elle devait partir.

9

Graciano resta en ville la majeure partie de la journée suivante. Il tenta de se convaincre que l'émotion qu'il ressentait était de la satisfaction. Satisfaction d'avoir su résister à Alicia et de poursuivre le cours de sa vie.

Il ignora l'étincelle d'excitation qui s'emparait de lui dès qu'il pensait au moment où il reverrait la jeune femme. Cet instant qui serait une récompense bien méritée après tant de frustration. Ils partageraient un repas au cours duquel il la regarderait, l'admirerait, puis il l'entraînerait dans sa chambre pour lui faire l'amour toute la nuit. Tout en gardant le contrôle.

Son cœur battit la chamade à la perspective de la soirée à venir tandis que l'hélicoptère amorçait sa descente sur l'île.

Mais, en jetant un coup d'œil à travers le hublot, il aperçut Alicia qui venait à sa rencontre.

Il aurait pu trouver cette vision excitante si la jeune femme ne tenait pas une valise à la main et qu'elle n'affichait pas une expression glaciale.

— Alicia.

Alicia frémit en entendant Graciano murmurer son nom à voix basse tandis qu'il venait à sa rencontre. Aussitôt, une vague de désir la submergea et elle sentit ses tétons pointer douloureusement à l'intérieur de son soutien-gorge.

Elle serra les dents et regarda fixement l'hélicoptère qui allait bientôt l'emmener loin de cet homme.

— Graciano, répondit-elle poliment, sans une once de chaleur dans la voix.

— Tu as prévu d'aller quelque part ?

— Oui, fit-elle en plongeant ses yeux dans les siens. Je rentre chez moi.

Elle s'interrompit et prit une grande inspiration, consciente que sa voix tremblait un peu.

— J'ai discuté longuement par téléphone avec ton assistante et j'ai toutes les informations nécessaires pour organiser ta soirée. Je n'ai plus aucune raison de rester ici.

— Aucune ? Vraiment ? fit Graciano d'une voix douce en se rapprochant dangereusement d'elle.

— Non.

— Cependant, nous avions un arrangement. Cinq nuits.

— Les termes du contrat ont changé.

— Pas pour moi.

— Tu comptes sérieusement me retenir contre mon gré ?

— Est-ce vraiment ce qui arriverait ?

Alicia frémit, ignorant le désir violent qui la torturait. Un désir qui ferait des ravages si elle s'y abandonnait. Sans parler de son amour-propre. Graciano s'approcha d'elle.

— Reste, murmura-t-il en penchant la tête pour l'embrasser doucement à la base du cou.

Elle crut défaillir de plaisir.

— Je t'ai dit que je voulais m'en aller, dit-elle d'une voix faible.

— Ça ne me convient pas.

Elle s'écarta et lui lança un regard noir.

— Pourquoi ?

— Parce que nous avions un accord.

— Oh ! s'exclama-t-elle. C'est ton seul argument ? Parce que, si c'est le cas, ça me donne encore moins envie de rester.

Les yeux de Graciano se posèrent sur les siens, et elle sut qu'elle venait de dévoiler à quel point il l'avait blessée.

— Tu es en colère parce que je suis parti, déclara-t-il.

Elle soupira douloureusement. À quoi bon le nier ?

— Je suis en colère de t'avoir laissé m'utiliser. De ne pas avoir vu clair en toi. Tu as eu ce que tu voulais, alors maintenant, laisse-moi m'en aller.

Il jura doucement et lui attrapa le coude pour la forcer à se tourner vers lui.

— Je ne t'ai pas utilisée, Alicia. Ce qui s'est passé entre nous était merveilleux. Tu ne peux le nier.

— Je ne veux pas rester avec toi, insista-t-elle d'une voix aiguë, au bord des larmes. Je veux rentrer chez moi.

— Nous n'allons pas avoir cette conversation ici, fit Graciano en désignant de la tête le pilote qui patientait. Viens à la maison et nous discuterons tranquillement de cela.

— Je dois m'en aller.

— Pourquoi ?

Parce qu'il suffit d'une nuit de plus pour que je tombe à nouveau éperdument amoureuse de toi et que je ne peux pas me le permettre, songea-t-elle. *Parce que nous avons une fille ensemble et que je dois t'en parler mais je ne sais pas quand, ni comment le faire ici, dans cette île, et dans ton lit. Mais je le ferai dès que j'en aurai le courage.*

— N'est-ce pas évident ? se contenta-t-elle de répliquer.

— Qu'attendais-tu que je fasse ou que je dise hier matin ? demanda-t-il.

Elle eut le sentiment qu'un poids lui écrasait la poitrine. Les questions de Graciano la blessaient.

— Que tu te comportes comme un être humain décent ? suggéra-t-elle sans réfléchir.

Graciano pâlit, et elle comprit qu'elle venait de parler comme son père l'avait fait, dix ans auparavant.

— Tu t'attendais à quoi ? Des fleurs ou un quatuor à cordes sous ta fenêtre ?

— Ne me parle pas comme ça, fit-elle en grimaçant. Tu as commencé à me repousser à la seconde où tu t'es réveillé. Peu importe que tu aies dû aller à Barcelone pour travailler. C'est la façon dont tu me l'as annoncé. Tu ne m'as même pas appelée pendant la journée. Ce que nous avons partagé...

Elle s'interrompit, sachant qu'elle s'aventurait sur un terrain dangereux.

— Était du sexe, compléta-t-il. Aussi inévitable entre nous aujourd'hui qu'à l'époque. Nous étions tous les deux d'accord avec ça.

Des larmes affleurèrent à ses yeux, et elle s'efforça de les contenir.

— Si ce n'était que ça, pourquoi vouloir me garder ici ? s'exclama-t-elle.

Il serra les mâchoires.

— Parce que je suis un homme de parole. Tu avais accepté de rester cinq jours et...

— C'est n'importe quoi ! coupa Alicia d'une voix tremblante. Tu sais mieux que quiconque que les circonstances ont changé. Je ne reste pas ici après ce qui nous est arrivé. Je ne peux pas. Et je sais que tu es une personne trop bonne pour me forcer, ajouta-t-elle tandis que son cœur se brisait dans sa poitrine. Alors arrêtons de nous disputer et dis à ton maudit pilote de m'emmener à Valence.

Graciano resta silencieux. Un vent de panique et d'amertume la gagna. La question d'Annie ne pouvait rester plus longtemps en suspens. Alicia devait trouver comment procéder. Tout lui semblait si difficile qu'elle avait de la peine à respirer.

— Pourquoi veux-tu que je reste ? reprit-elle en soutenant son regard. Et ne me dis pas que c'est à cause de ce fichu contrat que nous avons signé.

— Pour la même raison que celle pour laquelle nous avons fait l'amour.

Elle retint son souffle.

— Il y a une histoire inachevée entre nous, ajouta-t-il.

— Je pense qu'elle est finie à présent.

— Vraiment ? fit-il en lui lançant un regard interrogateur. Donc tu vas t'envoler et ne plus jamais penser à moi ?

Alicia détourna le regard. S'il savait… Elle pensait à lui chaque jour depuis dix ans et cela ne risquait pas de changer.

— Nous ne finirons jamais cette histoire, murmura-t-elle tristement. Dès l'instant où mon père est intervenu, à partir du moment où il a proféré ses menaces, il a placé nos vies sur des chemins parallèles. Nous n'y pouvons rien.

Graciano s'approcha à nouveau d'elle, si près qu'elle sentit son parfum viril l'envelopper comme une caresse.

— Je veux que tu me sortes de la tête, dit-il à voix basse, et elle faillit éclater en sanglot en entendant cet aveu car elle pensait exactement la même chose de lui.

— Tu le veux tellement que tu es prêt à me retenir ici contre mon gré ? souffla-t-elle en connaissant la réponse à sa question.

Ils étaient tous deux piégés dans le passé. Rester ici n'était pas la solution. Alicia avait besoin de retourner à sa vraie vie. Il lui fallait un espace pour réfléchir et respirer, ce qu'elle n'arrivait pas à faire sur cette île où Graciano remplissait chacun de ses sens, même quand il était absent.

— Non, je ne t'y obligerai pas, finit-il par déclarer d'une voix lasse. Je veux que tu restes mais le choix t'appartient.

Il fit un pas en arrière et croisa les bras sur sa poitrine en la fixant, sans qu'aucune émotion ne transparaisse sur son beau visage. Le contrôle total dont il faisait preuve ne fit que souligner les raisons pour lesquelles elle avait besoin de partir.

Graciano pensait peut-être l'avoir dans la peau mais il ne comprenait pas ce qu'était l'amour. Le fait d'avoir besoin de quelqu'un de façon passionnée et dévorante. Il ne pouvait pas savoir la torture qu'elle avait subie à cause des sentiments qu'elle éprouvait à son égard.

— Rester n'est pas une option, déclara-t-elle doucement.

En fin de compte, c'était aussi simple que cela.

Elle prit une grande inspiration et se tourna vers l'hélicoptère. Graciano la devança en ramassant sa valise, puis il se dirigea vers la cabine tandis que les pales se remettaient à tourner dans un vrombissement assourdissant.

C'était réglé. Alicia partait. Elle avait obtenu ce qu'elle voulait et n'en ressentait aucune satisfaction. La déception la secouait à chacun de ses pas mais elle savait qu'elle avait pris la bonne décision. Elle n'avait pas le choix.

Au moment où l'hélicoptère s'éleva dans les airs, Graciano sut qu'il avait commis une énorme erreur. Aveuglé par ses propres sentiments, il n'avait pas compris ceux d'Alicia, et avait été incapable d'y répondre et de lui donner ce qu'elle voulait.

Les mains sur les hanches, il jeta un regard sombre à l'appareil, se demandant si la jeune femme le regardait, elle aussi.

Regrettait-elle son choix ?

Ce n'était pas la fin de leur histoire. C'était la seule certitude qui demeurait ancrée dans son esprit.

Il avait besoin de temps pour y réfléchir et mettre au point un plan.

— Tu es rentrée ! s'écria Annie en sautant de sa chaise pour courir dans les bras d'Alicia.

Celle-ci resta immobile, frappée par la ressemblance de sa fille avec Graciano. Des similitudes qu'elle avait refoulées depuis toutes ces années et qui lui paraissaient à présent évidentes. Pas seulement avec Graciano mais aussi avec sa famille. La famille d'Annie.

Elle se pencha et enroula les bras autour du petit corps tendre pour le serrer fort. Des larmes s'échappèrent de ses yeux et elle enfouit sa tête dans la masse soyeuse des cheveux de sa fille. Elle inspira un grand coup et releva la tête pour croiser le regard de Diane qui la fixait en fronçant légèrement les sourcils.

— Tu es en avance, fit remarquer Annie en s'apprêtant à reculer mais Alicia la maintint fermement dans ses bras comme si sa vie en dépendait.

— J'ai terminé plus tôt que prévu, répondit-elle d'une voix inégale. Et j'avais envie de rentrer.

— Super ! C'était bien ?

— Très bien, affirma-t-elle dans un mensonge.

— Tu as pris des photos ? Diane m'a montré celle de la plage mais c'est tout.

Alicia eut un petit rire.

— J'ai travaillé. Je n'ai pas pris beaucoup de photos.

— Mais tu en as pris quelques-unes quand même, non ?

Elle repensa à la plage sublime et aux jardins paradisiaques qui entouraient la maison.

— Je te les montrerai demain matin. Il est tard maintenant.

Elle avait pris un vol pour Londres depuis Valence en fin d'après-midi et son avion avait eu du retard.

— Diane m'a laissée regarder un film, annonça la petite fille.

— Vraiment ?

Alicia essaya de se détendre en reprenant ses réflexes quotidiens mais elle devinait déjà que tout avait changé dans sa vie. Elle-même était différente.

— Et manger de la glace ! ajouta Annie.

— Quelle coquine ! intervint Diane en souriant.

— Il est l'heure de se coucher à présent, décréta Alicia en déposant un dernier baiser sur le front de sa fille.

Une fois qu'Annie fut montée à l'étage, Diane s'adossa à la porte du salon, ses cheveux gris brillant dans la lumière tamisée.

— Tu es préoccupée, déclara-t-elle en lançant un regard lourd de sens à Alicia.

Celle-ci se força à lui sourire. Diane était l'une des seules à connaître tous ses secrets. Elle était présente depuis le départ, quand Alicia se rendait seule à ses rendez-vous de maternité. Diane, qui était la pédiatre de garde, avait tout de suite pris en affection cette adolescente esseulée qui se préparait à devenir maman. Elle avait tenu la main d'Alicia quand celle-ci avait tenté d'appeler Graciano et avait consolé son cœur brisé quand il avait refusé de lui parler.

— Oui, confirma Alicia. Et j'ai de bonnes raisons de l'être.

— Mon Dieu, que s'est-il passé ?

Alicia soupira et se mit à lui raconter son voyage en détail. Son amie l'écoutait en silence en hochant la tête avec une expression attendrie.

— Est-ce que tu aimes toujours Graciano, ma chérie ? finit-elle par demander à Alicia.

Celle-ci sursauta.

— L'aimer ? Bien sûr que non. Comment le pourrais-je ?

— Parce que tu as un cœur d'or, que tu n'as connu aucun homme depuis et que, visiblement, une partie de ton être est restée en Espagne.

Alicia ouvrit la bouche pour riposter mais aucun mot ne lui vint.

— Peu importe ce que je ressens, fit-elle. Nous avons tous les deux commis une erreur, Di. Tu le comprends, n'est-ce pas ? Quel avenir peut-il y avoir pour nous après ce qui nous est arrivé ?

Le lendemain, Graciano feuilleta d'un air renfrogné le projet qu'Alicia lui avait envoyé. Il n'y avait rien à y redire, il était excellent. La jeune femme était parvenue à planifier une soirée parfaite pour un événement qui n'existait pas.

Si elle avait eu lieu, la fête aurait été exceptionnelle. Le programme était complet et clairement expliqué, détaillant le transport des invités, les besoins en personnel ainsi que l'hébergement, les suggestions de menus, l'emplacement du chapiteau et la piste de danse. Alicia avait suggéré deux options musicales : un DJ pour la plage et un groupe acoustique discret pour accompagner le dîner. Elle avait organisé des feux d'artifice, programmé des interviews avec plusieurs magazines de renom… Tout avait été pensé.

Il finit de parcourir le document et relut pour la dixième fois le mail qu'elle lui avait adressé.

Graciano,

Tu trouveras le programme complet en pièce jointe. J'ai discuté de tous les détails avec ton assistante. Tu ne devrais plus avoir besoin de moi.

Bien à toi,

Alicia.

Un ton professionnel qui ressemblait à celui des innombrables mails que Graciano recevait à longueur de journée. Et cela lui posait un problème.

Car la personne qui lui avait adressé ce message n'était pas un collègue de travail. C'était Alicia.

L'air sombre, il appuya sur la touche « Réponse ».

Alicia,

J'ai plusieurs questions à te poser.

Pourrions-nous nous rencontrer pour en parler ?

Il hésita quelques secondes et envoya le message.

La balle était dans le camp de la jeune femme, mais Graciano savait déjà quelle serait sa réponse. Elle était bien trop professionnelle pour risquer de décevoir un client.

Il s'adossa au fauteuil de son bureau et patienta, le corps tendu et l'esprit en proie à un tumulte d'émotions contradictoires.

Alicia fronça les sourcils en découvrant le mail de Graciano. Même si elle s'était attendue à ce qu'il lui écrive, avoir de ses nouvelles aussi rapidement la bouleversait. Elle devait le revoir pour parler d'Annie mais, pour l'instant, cette épreuve lui semblait impossible à surmonter.

Je suis libre pour en discuter maintenant.

La réponse de Graciano mit moins d'une minute à arriver.

Non. J'ai besoin de te parler en personne. Je t'envoie une voiture.

Le cœur d'Alicia fit un bond dans sa poitrine.

Tu es à Londres ?

Oui. Quelle est ton adresse ?

Elle fut prise de tremblements.

Je ne suis pas disponible tout de suite. J'ai un rendez-vous à 16 heures.

Elle devait rencontrer la maîtresse d'Annie aujourd'hui... La réponse de Graciano fut immédiate.

Ce soir ?

Alicia réfléchit un instant, partagée entre l'envie de fuir et celle de se jeter dans ses bras. Mais au fond, elle lui devait bien cela. Il avait tout de même payé cinq cent mille livres pour ce privilège.

Est-ce que 18 heures te conviendrait ?

C'est parfait. Quelle est ton adresse ?

Hors de question qu'il sache où elle habitait.

Je préfère te rejoindre.

Comme tu veux.

Il indiqua une adresse située à Knightsbridge. Alicia reposa son téléphone en soupirant avant de le reprendre pour vérifier si Diane était disponible pour l'aider avec Annie. Dieu merci, c'était le cas.

Elle allait donc revoir Graciano et, cette fois-ci, elle ne laisserait pas passer l'occasion.

Quoi qu'il arrive, il devait savoir pour Annie. Il était son père, et rien d'autre n'avait d'importance.

Alicia devait laisser de côté leur passé, leur avenir, ses souhaits et ses désirs et mettre à contribution tout son courage.

Elle n'avait pas le choix.

10

Alicia avait pensé retrouver Graciano à son bureau mais, en s'approchant de l'adresse qu'il lui avait indiquée, elle s'aperçut qu'il s'agissait d'une maison d'habitation. Elle appuya sur le bouton de l'Interphone et patienta quelques secondes avant que la porte ne s'ouvre.

Elle avança dans un hall d'entrée majestueux orné de carreaux de céramique anciens et de baies vitrées qui offraient une vue magnifique sur Hyde Park. Elle se dirigea vers l'ascenseur et entra dans la cabine avant d'appuyer sur le bouton correspondant à l'étage précisé sur l'adresse.

Quand les portes s'ouvrirent, elle se retrouva dans un couloir et pressa la sonnette de l'unique porte qui s'y trouvait.

Alicia jeta un coup d'œil nerveux à sa montre. Il était juste 18 heures. Peut-être n'était-il pas chez lui ? Avait-il oublié ?

Elle se mit à trembler, mais alors la porte s'ouvrit et elle se trouva face à Graciano.

La question que Diane lui avait posée s'imposa à son esprit.

Est-ce que tu l'aimes ?

Elle l'avait nié sur le moment mais, à présent, elle en était certaine : elle aimait follement Graciano. Elle n'avait jamais cessé de l'aimer.

— Alicia, fit-il en l'invitant d'un geste à entrer.

Elle hésita sur le seuil comme s'il s'agissait d'un obstacle aussi métaphorique que physique.

— Je ne mords pas, tu sais, insista-t-il à voix basse.

Elle frémit et entra, mais se tint à une distance prudente de lui. Le regard brûlant de Graciano s'attarda sur sa silhouette, son tailleur moulant et ses talons hauts, et elle sentit une vague de désir intense naître au creux de son ventre. Troublée, elle détourna le regard.

Cela faisait dix jours qu'ils ne s'étaient vus, et ce laps de temps lui avait paru durer une éternité.

— Je te remercie d'être venue, dit-il avant de faire quelques pas vers les fenêtres qui offraient une vue plongeante sur la rue animée et le grand magasin Harrods.

— Je ne fais que mon travail, répliqua Alicia en haussant les épaules.

— Et je dois reconnaître que je suis impressionné. Ton programme était excellent.

— Tu avais des questions à me poser ? murmura-t-elle, le corps en feu.

— Nous y reviendrons. Veux-tu boire quelque chose ? ajouta-t-il en se dirigeant vers une gigantesque cuisine ouverte dans le fond de la pièce.

Alicia secoua la tête.

— Non merci. Je préfère en finir avec ce sujet.

Il lui lança un regard intense.

— Tu es toujours aussi déterminée à ne plus rien avoir à faire avec moi ?

Le cœur d'Alicia s'emballa dans sa poitrine.

— Je ne suis pas venue ici pour discuter de nous.

— Pourquoi pas ?

— Pour toutes les raisons que nous avons déjà évoquées, fit-elle en soupirant. Ça ne sert à rien.

— Je ne suis pas d'accord.

Elle fit quelques pas en direction de la cuisine et s'immobilisa face à lui de l'autre côté du bar.

— J'ai commis une erreur, déclara Graciano.

Elle l'observa alors qu'il sortait une bouteille d'eau gazeuse du réfrigérateur et en servait deux verres.

— Ah ? lança-t-elle en se concentrant sur les bulles minuscules.

— Je n'ai pas bien géré la situation. Quand je suis parti pour Barcelone, après avoir passé la nuit avec toi. C'était grossier et blessant, et je te prie de m'excuser.

C'était la dernière chose à laquelle Alicia s'attendait. Elle entrouvrit les lèvres et soupira, la gorge nouée par l'émotion.

— Graciano, dit-elle doucement.

— Laisse-moi ajouter ceci, coupa-t-il en posant une main sur la sienne avant de faire le tour du bar pour venir à côté d'elle. Je me suis retrouvé sans ancrage à deux occasions dans ma vie. La première fois, quand mes parents sont morts et que mon frère a disparu.

Il s'interrompit et elle cessa de respirer, sachant ce qui allait suivre.

— La seconde, quand je t'ai quittée. J'ai été presque détruit à ces deux occasions.

Elle ferma les yeux.

— Je refuse que cela arrive une troisième fois, acheva-t-il.

Alicia sentit son cœur se briser dans sa poitrine pour ce qu'ils avaient subi tous les deux.

— Tu as eu tort de partir, murmura-t-elle au bout d'un long moment.

— Tu penses que j'aurais dû laisser la police me jeter en prison ?

— Je t'aurais défendue.

— Tu vois tout à travers ton regard de privilégiée. J'étais un gamin des rues. C'était ma parole contre celle de ton père. Personne ne m'aurait cru.

Une vague de tristesse déferla en elle.

— Pourquoi ne pas me l'avoir dit ? Pourquoi m'avoir tu que tu partais pour te protéger ?

— J'étais trop en colère, fit-il en haussant les épaules.

— Cela n'a plus d'importance à présent, rétorqua-t-elle d'une voix triste.

Elle l'aimait. Et elle était convaincue qu'il l'avait aimée à un moment donné. Mais cela ne suffisait pas.

— Ça compte, dit-il à voix basse en se rapprochant d'elle pour poser les mains sur les hanches d'Alicia. J'ai su que j'avais commis une erreur dès que l'hélicoptère a décollé. Je veux plus de temps avec toi.

Le cœur d'Alicia bondit.

— Combien de temps ?

— Plus.

— Jusqu'à ce que tu te lasses de moi ?

Elle le poussait dans ses retranchements car, en cet instant, il était essentiel que Graciano soit entièrement honnête avec elle. Il n'éprouvait pas d'amour pour elle. Il ne lui proposait pas un conte de fées. Seulement un peu de luxure. De quoi flatter son ego.

— Jusqu'à ce que nous soyons tous les deux prêts à passer à autre chose, corrigea-t-il. Dis-moi que tu n'en as pas envie.

— Mon Dieu ! s'exclama-t-elle sans pouvoir réprimer un petit rire triste. Tu n'as pas idée du gouffre qui existe entre ce dont j'ai envie et ce que je peux avoir.

— Dis-moi ce dont tu as envie, souffla-t-il en approchant ses lèvres à un centimètre de celles d'Alicia. Montre-le-moi.

Sur ces mots, il l'embrassa. Un baiser long et précis qui la poussa à fermer les yeux et la fit trembler de la tête aux pieds.

— Qu'y a-t-il de plus important que ça ? murmura-t-il en s'écartant d'elle une seconde.

Alicia avait le sentiment d'être au bord d'une falaise et elle s'accrochait à Graciano pour ne pas tomber. Il baissa les yeux vers elle et elle lut dans son regard de braise un désir puissant mêlé à d'autres sentiments qu'elle refusa d'analyser. L'image d'Annie s'imposa à son esprit et elle se recula, instinctivement.

— Je ne peux pas, dit-elle, tout en cherchant ses lèvres désespérément.

— Arrête de penser, grogna-t-il contre sa bouche et elle manqua de perdre la raison.

— J'ai besoin de te parler...

— Au sujet de la soirée ? On verra ça plus tard.

— Non, pas ça. Il faut que...

Il l'interrompit en posant un doigt sur ses lèvres.

— Plus tard.

Elle n'avait plus la force de résister.

— Tu ne vas pas te volatiliser ensuite comme la dernière fois ? fit-elle en souriant.

Il lui répondit par un baiser, d'abord lent puis de plus en plus ardent à mesure qu'ils progressaient dans son appartement, collés l'un à l'autre, se déshabillant furieusement avant de s'étendre sur le canapé.

Alicia retint son souffle en le voyant enfiler rapidement un préservatif et, quand il la pénétra d'une traite, elle cria de bonheur et eut à peine conscience que son téléphone sonnait. Elle ne pensait plus qu'à Graciano et à son corps puissant en mouvement au-dessus d'elle qui l'emmenait vers un tsunami de plaisir. Elle bascula la tête en arrière en se mordant la lèvre et, soudain, elle sut qu'elle n'en aurait jamais assez de cet homme, qu'elle irait n'importe où et ferait n'importe quoi pour être avec lui et vivre cela.

C'était d'autant plus terrifiant qu'elle savait que c'était l'amour qui l'animait. Un amour qu'elle avait ressenti au moment où ils s'étaient rencontrés, qui avait grandi à mesure qu'ils passaient du temps ensemble, qui avait explosé comme un cataclysme quand ils s'étaient revus et auquel elle s'était accrochée toutes ces années. Comme à une oasis au milieu du désert qu'avait été sa vie pendant si longtemps.

Des larmes jaillirent de ses yeux au moment où un orgasme d'une violence inouïe la terrassait, et Graciano la rejoignit dans l'extase en grognant, les yeux fermés, lui tenant fermement les hanches. Elle le fixa dans un état de semi-conscience, si pleine d'amour que c'en était presque insoutenable.

Ce n'est que lorsqu'ils reposèrent l'un contre l'autre, essoufflés et couverts de sueur, qu'elle prêta à nouveau attention à la sonnerie de son téléphone, dans son sac à main.

— Tu veux répondre ? demanda Graciano en se soulevant légèrement pour la regarder.

Elle faillit lui répondre qu'elle s'en moquait mais son instinct maternel fut plus fort. Même si elle savait qu'Annie était en sécurité auprès de Diane, elle devait vérifier qui l'appelait ainsi.

— Oui.

Graciano s'écarta d'elle à contrecœur et alla chercher son sac à main avant de le lui tendre. Elle le regarda faire, rêveuse et émerveillée par sa stature puissante et sa beauté virile.

— Merci, murmura-t-elle en lui souriant.

Elle sortit son portable et vit que c'était Diane. Son cœur bondit dans sa poitrine et elle décrocha à toute vitesse.

— Salut Di, tout va bien ? demanda-t-elle tandis que Graciano se rendait jusqu'au bar pour attraper une bière fraîche dans le réfrigérateur.

— Ne panique pas.

Alicia cessa de respirer et se redressa en hâte, cherchant à mettre la main sur ses sous-vêtements.

— Oh mon Dieu ! Que se passe-t-il ?

Graciano se figea en entendant le ton de sa voix et il reposa sans un mot sa bière sur le comptoir.

— Je t'ai dit de ne pas paniquer, répéta Diane calmement.

Exactement ce que disent les gens quand il y a une raison de paniquer.

— Est-ce que c'est Annie ? Di, dis-moi ce qui s'est passé ! s'exclama Alicia en enfilant ses vêtements à la hâte.

— Elle va bien mais nous sommes en route pour l'hôpital.

— L'hôpital ? Oh mon Dieu ! Mais pourquoi ? Où ? Quel hôpital ?

Son amie lui indiqua le nom d'un service à Hammersmith où elle consultait de temps à autre.

— Il y a eu un accident pendant l'entraînement de football, expliqua Diane.

Alicia ferma les yeux.

— Je t'en supplie, demanda-t-elle d'une voix faible. Ne sois pas aussi vague et dis-moi exactement ce qu'il en est. Je suis capable de l'entendre.

Rongée par la culpabilité, Alicia jeta un regard en coin vers Graciano et vit qu'il s'habillait lui aussi, très calmement.

— Elle est entrée en collision avec une autre joueuse et elle a été projetée dans les buts, déclara Diane. Elle s'est cassé le bras.

Alicia pâlit.

— Est-ce qu'elle souffre ?

— Oui, répondit la pédiatre sans hésiter. Mais elle va s'en remettre. Il faut réduire la fracture, c'est pourquoi nous partons à l'hôpital.

Diane marqua une pause avant de reprendre.

— Tant qu'on y est, je veux aussi vérifier sa tête, qui a frappé assez fort.

Alicia crut qu'elle allait défaillir.

— J'arrive tout de suite. Je peux être là d'ici vingt minutes. Dis-lui que maman arrive. Et dis-lui surtout que je l'aime.

— Tout va bien se passer, répondit Diane. C'est juste par précaution. Essaie de ne pas trop t'inquiéter, d'accord ?

Alicia raccrocha et se tourna lentement vers Graciano sans vraiment le voir.

— Je dois y aller, fit-elle.

En cet instant, seule Annie comptait. Leur conversation attendrait.

— À Hammersmith. J'ai entendu. Je t'y conduis.

Elle aurait dû se méfier et sentir le danger arriver mais, en cet instant, tout ce qui lui permettait de gagner du temps était bon à prendre.

— Allons-y, reprit-il. Ma voiture est en bas.

Elle parvint à garder son calme tandis qu'ils prenaient

l'ascenseur en silence mais, dès qu'elle fut dans le 4x4 de Graciano, une bouffée de panique la submergea et elle se tourna vers la fenêtre pour étouffer un sanglot.

Pendant plusieurs minutes, aucun d'eux ne parla et ce n'est que pendant la traversée de South Kensington que Graciano se tourna vers elle alors qu'ils patientaient devant un feu rouge.

— Tu as un enfant, déclara-t-il.

Alicia prit une grande inspiration et elle hocha lentement la tête.

— Annie, murmura-t-elle.

— Pourquoi ne pas me l'avoir dit ? reprit-il, visiblement déçu qu'elle lui ait caché cette information.

Alicia gémit et s'adossa contre l'appuie-tête de la voiture.

— Ce n'était pas si simple...

— Je ne vois pas ce qu'il y a de compliqué à me dire que tu as une fille.

Elle aurait tant aimé que cela se passe différemment. Mais maintenant, elle n'avait plus le choix. Elle devait être honnête avec lui.

— Annie a neuf ans, fit-elle d'une voix tremblante.

Le feu passa au vert et Graciano démarra, mais elle vit qu'il était tendu et qu'il agrippait le volant plus fermement.

Ils traversèrent Earl's Court puis West Ken.

— Neuf ans, répéta-t-il en se tournant vers elle à un feu rouge. Tu l'as donc eue peu après notre séparation.

Alicia hocha la tête.

— Huit mois après, précisa-t-elle en se tournant vers lui.

Elle vit une lueur de surprise flamber dans le regard de Graciano. Manifestement, c'était la dernière chose à laquelle il s'attendait.

— J'ai essayé de t'en parler...

Il jura et démarra au feu vert, le regard droit devant lui.

— Ce soir, j'étais venue pour te dire...

— Que j'avais une fille ? coupa-t-il. Une fille de neuf ans, et c'est la première fois que j'entends parler d'elle ?

Alicia ferma les yeux.

— J'ai essayé de le faire, répéta-t-elle.

— Quand ? Quand diable as-tu essayé de me parler de ma fille ? Elle a neuf ans, nom de Dieu, ajouta-t-il d'un ton glacial.

Sa colère était compréhensible. Alicia s'y était attendue mais cela ne lui faisait pas moins mal pour autant.

— Quand je m'en suis rendu compte, j'ai essayé de te contacter pour te prévenir, mais tu étais impossible à joindre.

Il fronça les sourcils.

— Qu'est-ce que tu racontes ?

— Tu m'as déclaré que tu ne voulais plus entendre parler de moi…

— Il fallait me dire que tu étais enceinte, rugit-il. Tu n'avais qu'à trouver un moyen !

— Tu crois que c'était facile ? s'écria Alicia en secouant la tête. J'avais seize ans, j'étais entièrement seule et je vivais dans un pays étranger. J'étais terrifiée, blessée et honteuse.

Elle détourna le regard.

— Tu as été horrible quand je t'ai appelé, ajouta-t-elle d'une voix faible.

— Donc, si je comprends bien, ta fierté était atteinte et c'est pourquoi tu m'as caché l'existence de mon enfant ?

— Tu ne veux même pas d'enfant ! s'écria-t-elle mais, en voyant Graciano blêmir, elle comprit qu'elle aurait mieux fait de se taire.

Ce qu'il ressentait pour un enfant hypothétique était bien différent de ce qu'il pourrait éprouver face à une paternité réelle.

— Très bien, reprit-elle en levant une main en signe d'apaisement. Mais tu dois comprendre mon point de vue.

— Non, déclara-t-il. Je n'ai rien à comprendre. Je me fonde seulement sur les faits. Tu as eu neuf ans pour me parler d'elle, acheva-t-il en se garant sur une ligne jaune devant l'hôpital.

— Tu n'es pas exactement quelqu'un de facile à joindre.

— Pourquoi ne pas avoir appelé mon bureau ?

— J'ai essayé, répliqua-t-elle. Mais, à moins de tout raconter à la réceptionniste qui a pris mon appel...

— Et pourquoi pas ? siffla-t-il. Tu aurais dû faire n'importe quoi pour que l'information me parvienne. Tu crois que j'aurais choisi de ne pas faire partie de sa vie si je l'avais su ?

Une boule d'angoisse enserra Alicia.

— Je l'ignore, fit-elle. Je sais seulement que j'ai essayé de te le dire, et puis je me suis persuadée que c'était peut-être mieux ainsi.

Graciano jura en espagnol.

— C'était surtout plus pratique pour toi.

— Non, affirma-t-elle en posant la main sur la portière de la voiture. N'ose pas insinuer que j'ai choisi la solution de facilité. Si tu savais à quel point ça a été difficile d'élever ma fille toute seule...

— À cause d'un choix que tu as fait, déclara-t-il d'un ton implacable.

Le cœur serré, Alicia s'efforça de rester calme. Elle aimait Graciano et elle le haïssait en même temps. La perspective d'un avenir avec lui semblait plus impossible que jamais. Il y avait trop de ressentiment entre eux.

Il ouvrit la portière et sortit dans la nuit. Elle fit de même et lui lança un regard par-dessus le capot de la voiture.

— Graciano, je suis...

— Où est-elle ? coupa-t-il d'une voix glaciale.

Alicia cligna des yeux en direction de l'hôpital et prit une grande inspiration.

— Tu ne veux quand même pas venir avec moi ?

— Je suis son père, n'est-ce pas ?

Elle se mordit la lèvre.

— Oui, mais ce n'est pas le bon moment pour la rencontrer. C'est encore une petite fille et il faut lui épargner ce genre de drame. Surtout quand elle a mal. Rentre chez toi. Je t'appelle dès que j'en sais un peu plus.

— C'est ma fille.

— Je sais.

— Et elle a un père, reprit-il avant de jurer. *Cristo*, je ne sais même pas ce que tu lui as dit à mon sujet.

Elle fit quelques pas dans sa direction, les larmes aux yeux. Il fallait à tout prix qu'il comprenne.

— C'est ma famille, déclara Graciano d'un ton ferme, et le cœur d'Alicia se brisa dans sa poitrine car elle savait ce que cela signifiait pour lui.

Le poids de la culpabilité manqua de lui couper le souffle.

— Il faut que je la voie, décréta-t-il.

— J'ai peur que... cela la perturbe.

— Tu crois que je ne saurai pas me contrôler ? demanda-t-il, plein d'une fureur contenue.

— Je ne peux pas continuer à me disputer avec toi, murmura Alicia d'une voix lasse et elle leva une main vers lui, mais il tressaillit et s'écarta d'elle. Je dois aller la retrouver. S'il te plaît, ne fais rien pour la contrarier. Elle doit être notre priorité...

Graciano baissa les yeux vers elle, et la colère qu'elle lut dans son regard la glaça entièrement.

Alicia entra dans le hall de l'hôpital et s'approcha du bureau de l'infirmière d'accueil.

— Ma fille est avec le Dr Wallace.

— Ah ! oui. Elles viennent de monter en orthopédie. C'est au 3e étage sur la gauche.

— Merci, répondit Alicia et elle s'engouffra dans l'ascenseur, suivie de Graciano.

Au fond, savoir qu'il était là la rassurait. Elle avait besoin de sa force en cet instant. Plus que jamais.

— Di ?

Alicia ne put retenir ses larmes en apercevant sa plus chère amie, assise sur un banc dans le couloir.

— Te voilà, ma chérie ! s'exclama la pédiatre en se levant pour l'enlacer chaleureusement avant de se tourner pour jeter un œil au bel inconnu qui était dans son sillage. Tout va bien. Il n'y a plus rien à craindre.

— Son bras n'est pas cassé ?

— Oh ! si, en deux endroits, précisa Diane avec un petit sourire. Notre Annie s'est bien débrouillée mais elle ne fait jamais les choses à moitié, cette coquine.

— Puis-je la voir ?

— Bien sûr, elle est avec le Dr Wallace mais tu peux entrer, répondit Diane en lançant un regard intrigué à Graciano.

Graciano hésita quelques secondes, la peur et l'incrédulité paralysant à moitié ses membres, puis il s'avança lentement vers la porte ouverte, sans prêter attention à la femme aux cheveux gris qui discutait avec Alicia.

Une fillette était assise sur un lit, tête penchée, ses cheveux noirs et soyeux formant un rideau qui dissimulait son visage. Elle écoutait de la musique qui provenait d'un smartphone posé à côté d'elle. Elle portait un maillot de foot bleu et jaune, et ses ongles étaient peints en vert fluo. Elle bougea légèrement et Graciano remarqua une contusion sur une de ses joues. Puis, elle leva la tête et regarda paresseusement, comme si elle s'ennuyait, jusqu'à ce que ses yeux se posent sur lui.

Il eut l'impression d'être frappé par la foudre.

C'était sa fille.

Un sentiment de fierté paternelle, féroce et incontrôlable, éclata dans le cœur de Graciano. Cette enfant était liée à lui, à ses parents, à son frère, incontestablement. Elle était le portrait de sa défunte mère. Sa peau était mate comme la sienne mais, quand elle lui lança un regard curieux, c'est Alicia qu'il vit et son cœur se serra. Tous ses projets de ne jamais avoir d'enfants s'évaporèrent à la simple vue de ce petit être qui était, indubitablement, de lui.

— Salut, dit-il, incapable de regarder Alicia qui s'était avancée à côté du lit.

La colère pulsait en lui, pleine de blâmes et de récriminations à l'encontre de la jeune femme. Ce moment n'appartenait qu'à sa fille et lui. Il s'agissait de faire connaissance avec ce lien qu'il aurait dû ressentir à l'instant de sa naissance et non pas maintenant, neuf ans plus tard.

— Bonjour, répondit Annie.

Le médecin leva brièvement les yeux vers lui avant de se concentrer à nouveau sur le plâtre qu'elle posait à la fillette.

— On dirait que tu t'es bien débrouillée, déclara Graciano en désignant le bras d'Annie.

— Cassé à deux endroits, confirma celle-ci en hochant la tête.

Le cœur de Graciano s'emballa dans sa poitrine en découvrant à quel point cette enfant lui était déjà familière. C'était comme s'il avait retrouvé une part de lui-même sans s'être aperçu auparavant qu'elle lui manquait.

— Tu t'es déjà cassé quelque chose ? lui demanda la petite fille d'une voix curieuse.

— Mon nez, acquiesça-t-il. Et aussi mon poignet.

Elle esquissa le même sourire en coin qu'Alicia, et il eut l'impression de recevoir un coup de poignard.

— Vous êtes de la famille ? lui demanda le médecin.

— Il est avec moi, intervint Alicia d'une petite voix.

Graciano lui lança un regard furieux. Contrairement à ce qui s'était passé il y a dix ans, elle parlait, maintenant. Mais cette fois-ci, ce n'était pas par courage. Elle ne faisait cela que pour sauver ce secret auquel elle tenait tant.

Pour qu'Annie ne sache pas qui il était vraiment.

— Et vous êtes… ? reprit l'orthopédiste en s'adressant à Alicia.

— C'est ma mère, déclara Annie d'un ton de conspiratrice avant de se tourner vers Alicia et lui sourire. Ne t'inquiète pas, maman, je vais bien.

Graciano se sentait perdu, exclu. Et fasciné par cette petite fille magnifique dont il ne savait rien.

— Oh ma chérie ! s'exclama Alicia en se penchant pour déposer un baiser sur le front de l'enfant. Que s'est-il passé ?

— On s'est juste rentrées dedans, répondit Annie à sa mère qui fronça les sourcils comme si cette explication n'était pas suffisante.

Puis la fillette reporta son attention sur Graciano.

— Comment tu connais ma maman ? l'interrogea-t-elle, visiblement bien plus intéressée par ce sujet que par les circonstances de son accident de football.

Alicia prit la parole la première, comme si elle paniquait à l'idée que la vérité soit dévoilée.

— J'ai travaillé pour lui, expliqua-t-elle.

— En Espagne ?

— Oui, intervint Graciano avant qu'Alicia puisse répondre. Tu es déjà allée en Espagne, Annie ?

— Non mais j'apprends l'espagnol.

— C'est vrai ? fit-il, le cœur battant.

— Oui, c'est maman qui m'apprend.

Il lança un regard furtif à Alicia. En quoi était-ce étonnant ? Annie était à moitié espagnole. Sa langue, comme bien d'autres aspects de sa culture, coulait dans ses veines. Il nota que la jeune femme évitait soigneusement son regard et, soudain, il remarqua une trace rouge sur son cou, laissée par sa barbe rugueuse. Comme un symbole de paix au milieu de cet océan de colère.

Il décida de ne pas en tenir compte.

— Tu aimes le foot, Annie ? demanda-t-il.

— C'est mon sport préféré.

— Et tu es forte ?

— Je ne sais pas mais j'aime beaucoup ça, répondit la petite fille en riant.

— Très bien, déclara le Dr Wallace en enlevant ses gants avant de se lever. Tu es toute réparée. Puis-je vous parler ? ajouta-t-elle à l'adresse d'Alicia qui sembla hésiter.

Graciano serra les dents. Quoi, elle ne le laisserait pas seul avec leur fille, même pour quelques minutes ? Sans réfléchir, il sortit de la pièce avant elle et patienta un peu plus loin dans le couloir, les bras croisés.

Les deux femmes sortirent à leur tour, et il les observa discuter à voix basse. Un vent de frustration se leva en lui. Légalement, il n'était pas le parent d'Annie et, même si ce constat le rendait fou, il ne pouvait rien faire pour s'immiscer dans leur conversation et savoir de quoi il retournait. Mais bon sang, c'était son enfant ! Sa famille. Toute sa vie, il avait vécu en ayant conscience que les liens du sang étaient fondamentaux et, pourtant, Alicia l'avait privé de sa fille.

— Elle me semble aller très bien, expliqua le médecin. Diane préfère qu'elle reste en observation cette nuit et cela ne me pose pas de problème. C'est logique après un choc comme celui qu'elle a reçu, mais vous n'avez pas à vous inquiéter. Son examen est très rassurant. Pouvez-vous rester avec elle encore un moment ?

— Je vais passer la nuit ici.

— N'hésitez pas à nous appeler si vous avez besoin de quoi que ce soit, répliqua le Dr Wallace en souriant.

— Merci pour tout, docteur.

— Aucun problème. Je suis de garde jusqu'à 3 heures. Je repasserai vous voir un peu plus tard.

Alicia jeta un œil dans la chambre d'Annie et vit que celle-ci jouait à Tetris d'une seule main avec le téléphone de Di. Elle s'avança dans le couloir vers Graciano, dont le visage était pâle et inexpressif.

— C'est ma fille, déclara-t-il si doucement qu'elle eut de la peine à l'entendre.

Il était sous le choc et c'était normal. Apprendre qu'on a un enfant est une chose mais le voir en est une autre, surtout quand cet enfant vous ressemble autant.

— Oui, murmura-t-elle. Je suis désolée…

— Pour l'amour de Dieu, arrête avec tes excuses ! s'exclama-t-il. Elles ne m'intéressent pas.

Alicia tressaillit.

— Dans ce cas qu'est-ce qui t'intéresse ?

— La prochaine étape.

— Ce qui veut dire ? insista-t-elle, le cœur battant.

— Ce qui veut dire que je veux quitter ce fichu endroit et emmener mon enfant loin de toi, pour l'élever avec moi, déclara-t-il d'une voix calme.

Il lança un regard noir à Alicia, qui blêmit de terreur.

— Je vais engager les meilleurs avocats du pays et intenter une action en justice pour obtenir la garde exclusive d'Annie. Elle vivra avec moi en Espagne.

Alicia se mit à trembler et s'adossa contre le mur du couloir pour ne pas perdre l'équilibre.

— Ce n'est pas juste, chuchota-t-elle.

— Ne me parle pas de ce qui est juste, rugit Graciano.

Elle porta une main tremblante à son front en le fixant, totalement confuse. Il y a une heure, cet homme lui faisait l'amour passionnément et, à présent, il la haïssait.

— Inscris ton adresse dans mon téléphone, exigea-t-il en lui tendant son portable et elle s'exécuta sans un mot, le souffle court.

À quoi bon lui cacher où elle vivait maintenant ?

— Je n'arrive pas à croire que tu m'aies fait ça, marmonna-t-il en reprenant son téléphone pour le glisser dans sa poche.

Alicia ne répondit rien. Trop choquée pour le contredire et lui répéter qu'elle avait essayé de lui révéler l'existence d'Annie à plusieurs reprises.

— Je t'appelle demain pour que l'on convienne d'un rendez-vous, poursuivit-il. Et je veux que tu me tiennes au courant de son état régulièrement.

— D'accord, dit-elle, totalement confuse.

— Je ne te le pardonnerai jamais, déclara-t-il avant de lui tourner le dos et de s'en aller.

Alicia ferma les yeux et eut le sentiment que toute la lumière avait déserté sa vie.

11

Malgré ses efforts, Alicia ne tenait pas en place à mesure que les minutes s'écoulaient et que l'heure de son rendez-vous avec Graciano approchait. Elle était comme un fil sous tension, incapable de rester immobile.

Elle jeta un coup d'œil à sa montre en gémissant, parcourue d'une nouvelle bouffée d'angoisse.

Voilà deux jours maintenant qu'elle avait le sentiment d'attendre la sentence du bourreau. Elle avait envoyé Annie chez une camarade de classe et espérait que cette entrevue allait remettre un peu d'ordre dans le naufrage de sa vie.

Bien sûr, tout dépendait de Graciano. Aurait-elle seulement une chance de s'expliquer ?

Alicia prit une grande inspiration et se remémora sa nouvelle expression préférée : *Que cada palo aguante su vela*.

Graciano était en colère contre elle à juste titre mais cela ne voulait pas dire qu'elle s'était trompée, juste qu'il ne comprenait pas encore. À elle de lui faire voir son point de vue. Il serait peut-être encore furieux pour ce qu'il avait perdu, ce serait son droit mais, au moins, en connaissant toute l'histoire, il saurait qu'elle avait fait de son mieux.

La sonnerie retentit et elle se dirigea vers la porte d'entrée, consciente que son avenir dépendrait des trente prochaines minutes de sa vie.

Folle d'angoisse, elle ouvrit la porte et son cœur s'emballa en découvrant Graciano sur le seuil. La mine sombre, il était à la fois dangereux et terriblement attirant avec son jean noir et son T-shirt anthracite. Il posa sur Alicia un regard renfrogné.

— Bonjour, murmura-t-elle dans un souffle avant de se reculer. Je t'en prie, entre.

Il la suivit dans le couloir et elle devina qu'il contemplait le méli-mélo de photos d'Annie et d'elle qui ornaient les murs comme autant de témoignages de cette vie dont il avait été privé. Arrivée dans le salon, Alicia se tourna vers lui.

— J'ai fait du café, annonça-t-elle mal à l'aise. Ce n'est pas aussi chic que ta machine à expresso, bien sûr...

Pourquoi parlait-elle autant ? Elle grimaça et l'invita à entrer dans cet espace joyeux, baigné par la lumière de l'après-midi. Elle désigna d'un geste les canapés, recouverts de coussins et de couvertures aux couleurs vives, puis elle se dirigea vers la table basse.

— Puis-je t'en offrir une tasse ?

Il hocha la tête sans dire un mot. Heureuse d'avoir quelque chose à faire, Alicia versa une tasse de la cafetière à piston et elle s'approcha de Graciano pour la lui tendre. Il la fixa quelques secondes avant d'accepter le breuvage et, quand leurs doigts se frôlèrent, elle eut le sentiment de recevoir une décharge électrique.

— J'aimerais t'expliquer, murmura-t-elle d'une voix faible. C'est important.

Il but une gorgée de son café avant de le reposer sur la table basse puis il croisa les bras sans dire un mot, ce qu'elle prit pour une invitation à poursuivre.

— Quand j'ai su que j'étais enceinte...

— Comment l'as-tu découvert ? coupa-t-il d'une voix plate, comme s'il menait une enquête administrative.

— J'ai fait un test de grossesse.

— Pourquoi ?

Elle fronça les sourcils en se remémorant ce week-end-là.

— C'était l'été et il faisait très chaud. J'étais descendue au lac pour me baigner et, alors que je flottais sur le dos, je me suis rendu compte que mes règles avaient du retard.

Elle ne lui précisa pas qu'elle avait nagé tous les jours depuis le départ de Graciano pour surmonter sa tristesse. Le fait de s'immerger dans l'eau lui rappelait le contact du corps de Graciano, enroulé autour du sien.

— Je n'étais pas très informée à ce sujet mais j'avais regardé suffisamment d'émissions de télé pour savoir qu'un retard de règles signifie généralement une seule chose...

— Et donc, qu'as-tu fait ?

— J'ai séché l'école une journée et je me suis rendue dans une clinique gratuite, répondit-elle en jouant nerveusement avec son collier. J'ai utilisé un faux nom car j'étais terrifiée à l'idée que mon père l'apprenne. Ils m'ont proposé un test de grossesse et m'ont aussi donné une poignée de préservatifs, ajouta-t-elle en souriant mais le visage de Graciano resta aussi figé qu'une statue de pierre. Le test était positif, acheva-t-elle en haussant les épaules.

— Et alors ? insista-t-il en la fixant.

Elle soutint son regard mais elle avait à nouveau seize ans, incertaine, terrifiée et à la fois étrangement excitée par cette petite vie qui grandissait en elle.

— Je ne savais pas quoi faire, admit-elle. Mon père me parlait à peine et je n'avais pas d'autre famille que sa mère, que je n'avais pas vue depuis des années. Je n'avais plus le droit de voir mes amis, ni de parler à qui que ce soit depuis ton départ. J'étais comme en prison.

Alicia vit une lueur d'émotion passer dans les yeux de Graciano mais, très vite, il arbora à nouveau un air impassible.

Comme il ne disait toujours rien, elle se servit une seconde tasse de café pour se donner du courage.

— Je n'avais personne vers qui me tourner. Personne qui aurait pu m'aider à comprendre ce qui m'arrivait, ajouta-t-elle en glissant une mèche de cheveux derrière son oreille.

En voyant que Graciano n'avait rien perdu de son geste, elle rougit et, troublée, détourna le regard.

— La première fois que je t'ai appelé, cela a été très brutal, reprit-elle en lui tournant le dos pour se diriger vers une photo d'Annie accrochée au mur.

La fillette avait quatre ans sur ce cliché, et Alicia ferma les yeux en se remémorant cette époque.

— J'étais tellement amoureuse de toi, fit-elle doucement en secouant la tête.

— Ce n'était pas de l'amour, déclara-t-il froidement. Juste un émoi adolescent.

— Pas pour moi, répliqua-t-elle douloureusement tout en lui tournant le dos. Tu m'as manqué comme si on m'avait arraché une partie de moi-même.

Il resta silencieux un long moment.

— Je ne suis pas ici pour parler de nous, finit-il par murmurer. Je veux en savoir plus sur ma fille.

— Les deux sujets sont-ils séparables ? s'exclama-t-elle tandis qu'une pointe de souffrance la transperçait.

Elle décida de ne pas tenir compte de sa remarque et de poursuivre, coûte que coûte, ce qu'elle avait à lui raconter.

— J'étais anéantie par ce qui s'était passé entre nous et traumatisée par le comportement de mon père. J'ignorais que tu étais parti si loin. La première fois que je t'ai appelé, c'était dans l'idée de m'enfuir pour te rejoindre.

Elle s'interrompit et pressa une main sur son cœur pour tenter d'apaiser sa douleur.

— Mais tes sentiments avaient changé, reprit-elle en se rappelant à quel point il avait insisté sur le fait que ce n'avait été qu'une histoire de sexe. Ou alors, je m'étais trompée depuis le début et tu n'avais jamais rien éprouvé pour moi. C'est logique, au fond, étant donné la facilité avec laquelle tu m'as oubliée.

Elle sirota son café, les yeux rivés sur la photo d'Annie.

— Alors, quand je me suis rendu compte que j'étais enceinte, j'ai eu peur de te le dire. Même à toi. J'étais seule, Graciano. Je n'avais pas de famille ni d'ami.

Elle se tut et attendit qu'il prenne la parole, ce qu'il mit une éternité à faire.

— J'avais utilisé un préservatif, murmura-t-il.

Elle ferma les yeux. Graciano était focalisé sur la conception d'Annie, rien de plus. Les difficultés qu'elle avait pu rencontrer lui importaient peu.

Parce qu'il ne t'aime pas.

— Même si tu m'avais fait clairement comprendre que tu n'éprouvais rien pour moi, je n'avais personne d'autre vers qui me tourner. C'était notre bébé, ajouta-t-elle d'un ton amer. Et, malgré ce que tu m'avais déclaré au téléphone cet après-midi-là, j'étais convaincue que tu m'aiderais.

Il resta silencieux et, soudain, la tristesse d'Alicia se transforma en une vague de colère.

— Te souviens-tu de cet appel ? demanda-t-elle.

Elle se tourna vers lui et plongea ses yeux dans les siens. Il hocha lentement la tête.

— J'étais en colère, dit-il.

— Oui. Mon monde s'effondrait et je me suis tournée vers toi pour solliciter ton aide. Parce que j'avais besoin de toi. Je voulais te le dire, Graciano. Jamais je n'ai eu l'intention de vivre cela toute seule.

— Alors pourquoi ne l'as-tu pas fait ?

— Voyons, comment aurais-je pu ? s'exclama-t-elle en se rapprochant de lui comme pour mieux lui faire comprendre. J'étais amoureuse de toi, le cœur brisé par ce qui s'était passé, et tu m'as déclaré que tout cela ne signifiait rien pour toi. Tu m'as ordonné d'arrêter de t'appeler. Tu ne voulais plus jamais entendre parler de moi. C'était horrible...

— C'est vrai, admit-il à voix basse après un long silence avant de porter son attention sur la photo d'Annie. Mais tu étais enceinte. Tu aurais dû trouver un moyen de me le faire savoir.

— En théorie, cela paraît évident. Mais dans la réalité, j'étais une adolescente de seize ans, terrifiée et livrée à elle-même. C'est facile aujourd'hui de me dicter la façon dont j'aurais dû me comporter mais, à l'époque, j'ai été complètement détruite par cet appel.

L'espace d'une seconde, le masque de Graciano tomba et elle vit une telle expression de détresse dans son regard qu'elle faillit éclater en sanglots.

— Qu'as-tu fait ensuite ? demanda-t-il.

— Je n'ai eu d'autre choix que de l'annoncer à mon père, fit-elle en grimaçant. Comme tu peux l'imaginer, ça ne s'est pas bien passé. Il m'a traitée de tous les noms et m'a giflée.

Elle posa une main sur sa joue, comme si la brûlure de ce geste était toujours présente.

— Moins d'une heure plus tard, il m'avait déposée à l'aéroport. Je ne l'ai pas revu depuis.

— *Bastardo*, jura Graciano, plus pâle que jamais.

— Je suis allée vivre chez ma grand-mère à Londres. Elle n'était pas tendre mais... utile. Grâce à elle, j'ai pu retourner au lycée et, ensuite, elle m'a aidée quand Annie était petite.

— As-tu tenté encore de me contacter par la suite ? demanda Graciano.

Décidément, seule la question d'Annie l'intéressait.

Alicia se mordit la lèvre.

— J'y ai pensé tous les jours, avoua-t-elle en plongeant ses yeux dans les siens. Quand Annie a fait ses premiers pas, j'ai essayé de te joindre. Je ne supportais plus l'idée que tu ne saches pas. Mais tu es tellement difficile à contacter... Si tu savais...

Il ferma les yeux et resta silencieux.

— J'ai essayé, reprit-elle doucement. Mais j'ai abandonné rapidement... Je n'étais qu'une gamine, tu sais ?

— Oui, admit-il et elle fut surprise de sa réponse qui sonnait comme un aveu. Et depuis ?

— Tu es devenu encore plus difficile à joindre avec le

temps, expliqua-t-elle. Ton succès t'a rendu inatteignable. J'ai essayé à deux reprises, une fois pour les quatre ans d'Annie, puis peu après son cinquième anniversaire. Elle grandissait tellement vite.

Alicia s'interrompit quelques secondes avant de reprendre.

— Tes assistants ont refusé de te passer l'appel.

Une émotion qu'elle ne parvint pas à analyser traversa le visage de Graciano. La croyait-il ?

— Je te jure que c'est la vérité, fit-elle. N'oublie pas que tu m'avais tourné le dos depuis tout ce temps, Graciano. Pas une seconde, tu ne t'es demandé comment mon père avait pu se comporter avec moi après ton départ ?

Il serra les dents, et elle comprit qu'elle avait touché un point sensible.

— J'ai supposé qu'après mon départ loin de toi, ta vie serait revenue à la normale.

— Eh bien tu t'es trompé.

— Sa colère était dirigée contre moi, reprit-il en guise d'explication. J'ai disparu aussi pour que tu aies la paix. C'était moi, la cible. Le méchant qui avait profité de sa précieuse fille...

— Jusqu'à ce que je lui annonce la vérité pour te défendre et que sa colère déteigne sur moi, répliqua-t-elle d'une voix triste.

— Je n'aurais jamais pensé que tu puisses agir ainsi. D'ailleurs, pourquoi l'as-tu fait ?

— Je ne voulais pas vivre dans un monde où quiconque, et en premier lieu mon père, penserait ces choses de toi. Je t'aimais, Graciano, et je ne pouvais pas te trahir. Toutes ces années, tu as pensé le pire de moi et tu te trompais.

— Attention, *querida*, nuança-t-il. Tu m'as caché l'existence de ma fille pendant neuf ans. Je ne suis pas sûr que tu sois en position de me faire la morale.

— Est-ce que tu m'écoutes ? répliqua-t-elle furieuse. J'essaye de te raconter ce qui s'est passé. C'est toi qui m'as empêchée de te le dire.

— Tu n'avais qu'à faire passer une annonce dans un fichu journal ! lâcha-t-il. Je méritais de le savoir.

— Oui, admit Alicia. Et Annie méritait de te connaître. Mais si tu l'avais rejetée comme tu l'avais fait avec moi ? Comme mon père l'avait fait ? Tout ce que j'ai voulu, c'est protéger Annie et lui offrir mon amour pour qu'elle ne subisse jamais le même sort que moi.

— Il faudrait savoir ! As-tu essayé de me contacter, oui ou non ?

— Bon sang, Graciano, comment peux-tu croire que j'aie pu te mentir à ce sujet ? explosa-t-elle. Je n'ai jamais voulu ça ! Laisse-moi te montrer quelque chose, ajouta-t-elle en quittant la pièce à grands pas.

Alicia monta l'escalier qui menait à sa chambre, consciente que Graciano la suivait sans un mot. Elle s'accroupit et sortit un carton de sous son lit duquel elle tira deux gros dossiers. Elle en lança un à Graciano.

Il l'ouvrit et s'immobilisa en découvrant la première page, insérée dans un feuillet en plastique. C'était un article de journal datant de neuf ans et demi qui relatait un prix qu'il avait remporté en tant qu'agent immobilier. Graciano passa à la page suivante, un autre article sur lui. Un autre prix, une nouvelle distinction. Les pages montraient toutes des coupures de presse où on le voyait en photo, souvent accompagné de femmes sexy. Graciano continua à feuilleter le dossier. Le dernier article datait d'il y a trois mois et évoquait l'acquisition d'une chaîne de supermarchés au Royaume-Uni.

— Pourquoi avoir fait ça ? demanda-t-il à voix basse.

— Pour Annie. J'ai commencé à collecter ces articles quand j'ai renoncé à te joindre. Je voulais que vous établissiez un lien un jour. Ou bien qu'elle sache que j'avais essayé, ajouta-t-elle tandis que des larmes coulaient sur ses joues. Peu à peu, j'ai compris à quel point tu vivais dans une autre sphère que la nôtre. J'ai essayé de me convaincre que c'était mieux ainsi.

Il la fixa, le visage livide.

— Et celui-là ? demanda-t-il en désignant le second dossier.

Alicia saisit en tremblant la chemise cartonnée et elle la serra contre sa poitrine, hésitante.

— C'est sur Annie, murmura-t-elle. J'ignorais si tu voudrais un jour faire partie de sa vie mais j'ai tout gardé, au cas où.

Graciano prit le dossier et l'ouvrit. Sur la première page, il découvrit un bracelet de naissance et une mèche de cheveux collée sur un morceau de carton jauni. La page suivante montrait l'empreinte minuscule d'une main et d'un pied.

— Elle était si petite, souffla-t-il, visiblement ému.

— Elle était prématurée d'un mois, expliqua Alicia en tournant elle-même la page suivante. Regarde, c'était son premier Noël. N'était-elle pas adorable ? C'est moi qui lui avais cousu cette robe.

Elle passa un doigt sur la photo en se remémorant cette journée triste et austère. Son père ne l'avait pas appelée. Il ne lui avait envoyé ni carte de vœux, ni cadeau. Mais Alicia avait Annie, l'amour de sa vie. Elle-même paraissait si jeune sur la photo. Son visage était celui d'une enfant.

Graciano tourna la page et tomba sur un dessin d'Annie quand elle était entrée à la crèche. Des éclaboussures de peinture sur une feuille, puis un premier bulletin scolaire, et ainsi de suite. Tous les menus détails de sa vie quotidienne – programme de récital de piano, photos des premières dents de lait, de son apprentissage du vélo – étaient soigneusement consignés. Parfois, Alicia avait ajouté une petite note manuscrite pour relater un souvenir précis afin qu'elle le garde en mémoire et qu'elle n'oublie pas de le raconter à Graciano.

Tout cela lui avait semblé si essentiel à l'époque.

Soudain, Graciano s'immobilisa et il releva lentement la tête vers Alicia.

— Puis-je l'emporter ? demanda-t-il.

Elle hésita.

— Je l'ai fait pour toi, murmura-t-elle.

— Je ne le perdrai pas.

— Je sais.

Elle referma le dossier et le serra contre elle un moment, étrangement émue de s'en séparer, avant de le tendre à Graciano. C'était pour lui. De son côté elle avait eu Annie. La vraie. Ce document n'était qu'un mémento. Elle recula de quelques pas et essuya ses larmes, prise d'une grande lassitude.

— Je n'ai jamais voulu qu'elle soit séparée de toi, ajouta-t-elle à voix basse.

— Et pourtant, si je ne m'étais pas rendu par hasard à cette vente aux enchères, je ne la connaîtrais toujours pas.

Elle grimaça. Il avait raison.

— Je comprends pourquoi, à l'âge de seize ans, tu n'as pas pu me le dire, admit-il au bout d'un moment. J'assume ma responsabilité à ce sujet. Et même d'avoir été impossible à contacter par la suite. J'accepte ton explication.

— C'est gentil de ta part, marmonna-t-elle en ressentant néanmoins un soulagement intense.

— Mais pourquoi ne pas me l'avoir dit sur l'île, quand tu avais toute mon attention ?

Alicia retint son souffle, le cœur battant.

— C'est un peu facile maintenant de m'annoncer que c'était ton intention, poursuivit-il d'un ton sévère. Si je n'avais pas été là à la vente aux enchères ou quand tu as reçu le coup de fil au sujet de l'accident d'Annie, m'aurais-tu mis au courant ?

— Oui, soupira-t-elle. C'est pour cette raison que j'ai accepté de te voir hier soir. Je ne pouvais plus supporter de vivre avec ce secret. Et sur l'île, j'y pensais sans cesse...

— Pourtant, tu ne m'as rien dit.

— La situation n'était pas simple, répliqua-t-elle en lui jetant un regard entendu. Le fait de coucher ensemble...

Il s'approcha d'elle et elle s'interrompit, ses yeux rivés sur les siens. Le sentir si proche faillit lui faire perdre tout contrôle et elle dut puiser dans ce qui lui restait de forces pour ne pas se jeter dans ses bras.

— Coucher ensemble est la seule chose qui ait jamais eu de sens entre nous, déclara-t-il.

— Sur le moment, peut-être, mais ensuite, cela complique beaucoup les choses…

— Vraiment ? fit-il en posant une main sur la joue d'Alicia. Dans ce cas, nous devrions passer notre vie au lit. Ainsi, nous ne serions jamais en conflit.

Elle écarquilla les yeux et entrouvrit les lèvres pour protester mais alors, il plaqua sa bouche contre la sienne dans un baiser passionné et tout ce qu'il venait de dire lui sembla être la vérité : seul ceci avait un sens.

Et c'est exactement ce dont elle avait besoin. Elle goûta le sel des larmes qui ruisselaient sur ses joues. Des larmes d'acceptation car Graciano avait raison. Leur relation était faite de contradiction, de dépendance et de besoin, quand bien même cela les terrifiait tous les deux.

— Ça ne résout rien, gémit-elle contre sa bouche tout en le tirant vers le sol.

— Non, confirma-t-il en approfondissant son baiser, et elle s'abandonna à lui de toutes les fibres de son cœur.

Leur extase mutuelle fut plus puissante que jamais et, l'espace d'un instant, Graciano fut privé de tout sens et incapable de penser, tandis que les derniers spasmes de plaisir secouaient son corps. Épuisé, il retomba sur Alicia qui accueillit son poids avec un gémissement heureux.

Faire l'amour avec elle avait beau être merveilleux sur le moment, cela ne faisait que compliquer le problème.

Ils avaient une fille ensemble, et son bonheur devait être leur priorité.

Soudain, Graciano fut submergé par un raz-de-marée d'émotions au premier rang desquelles se trouvait la colère. Mais celle-ci n'était plus tournée contre Alicia.

Il avait affronté la jeune femme dans l'objectif de ne rien

lui céder mais ce qu'elle lui avait confié avait fait du chemin dans son esprit et, à présent, il la voyait telle qu'elle avait été alors, à seize ans, enceinte et terrifiée.

Il comprenait à quel point il avait été aveuglé.

Pourquoi ne l'avait-il pas appelée pour s'assurer qu'elle allait bien ?

Comment avait-il pu occulter la possibilité que son père rejette la faute sur elle après son départ ?

Alicia avait trop de pouvoir sur lui, et il avait eu peur de s'exposer à nouveau en s'approchant d'elle.

Et maintenant ?

— J'ai besoin de réfléchir, déclara-t-il en se relevant.

Il commença à se rhabiller, les sourcils froncés, tandis qu'Alicia restait allongée, immobile, les yeux fixés au plafond. Ce n'est que lorsqu'il s'apprêta à partir qu'il remarqua qu'elle tremblait.

Il s'accroupit près d'elle et lui lança un regard inquiet.

— C'est juste le choc, murmura-t-elle, le visage pâle. Je vais bien.

Il comprit alors qu'elle était plus forte qu'elle n'en avait l'air. Car elle avait dû l'être depuis tout ce temps, pour s'opposer à Edward Griffiths, puis pour élever seule une enfant. Jusqu'à maintenant.

Il faillit la serrer dans ses bras mais il se retint.

— J'ai besoin de réfléchir, répéta-t-il et, cette fois, elle hocha la tête.

Il posa les yeux sur le dossier qu'elle lui avait montré.

— Ça te dérange si je prends ça ?

— Je l'ai fait pour toi, Graciano, murmura Alicia en lui lançant un regard dont l'intensité le brûla comme une flamme. J'ai toujours voulu que tu sois au courant, acheva-t-elle en se mordant la lèvre.

Il aurait aimé la croire. Et au fond, bon sang, il la croyait. Mais cela ne faisait qu'empirer les choses.

Il se pencha et déposa un baiser sur son front.

— Peu à peu, je me suis convaincue que c'était mieux pour toi, poursuivit-elle. Ta vie était tellement… trépidante. Et tu avais un tel succès, si loin de nous. Je me suis dit que je n'avais pas à te faire payer une erreur commise il y a dix ans alors que je ne signifiais rien pour toi.

Une vague de tristesse intense le submergea à l'idée qu'elle puisse penser cela de lui.

— On se tient au courant, fit-il en se redressant.

Avant d'atteindre la porte, il se retourna pour la regarder et son cœur se brisa.

Il était tombé amoureux d'Alicia alors qu'elle n'était qu'une adolescente, et elle paraissait encore si jeune aujourd'hui. Il la fixa un long moment, puis il quitta l'appartement.

Ce n'est qu'une fois dehors qu'il se rendit compte qu'il aurait voulu par-dessus tout rester avec elle.

12

La gorge nouée, Graciano fit tournoyer son verre de scotch dans le creux de sa main, les yeux rivés sur l'album de souvenirs d'Annie.

Il restait bloqué sur la page 4, bouleversé par la note manuscrite d'Alicia qui y figurait.

Annie marche. À dix mois ! Tous les médecins m'avaient dit qu'elle aurait du retard car elle était prématurée, mais jusqu'à présent, ce n'est absolument pas le cas. Elle est si solide sur ses pieds, si forte et têtue. Elle te ressemble tellement.

Graciano ferma les yeux et avala une gorgée de whisky. Alicia avait écrit ce message pour lui. C'était le seul moyen qu'elle avait trouvé pour partager avec lui ces moments intimes de la vie d'Annie. Elle avait pensé à lui à chacune des étapes que franchissait leur petite fille.

Il contempla une photo d'Annie plongée dans une bande dessinée en espagnol et il la décolla prudemment pour lire l'inscription qui figurait au dos.

Annie est officiellement meilleure que moi en espagnol ! Elle commence à jongler sans effort d'une langue à l'autre. Je me suis donné du mal pour lui apprendre ce que je savais et maintenant, elle regarde des émissions en espagnol à la télé et elle lit aussi des livres ! Elle est brillante mais c'est surtout le fait qu'elle soit à moitié espagnole qui joue. Un jour, je l'emmènerai là-bas.

Graciano sentait presque l'émotion d'Alicia lorsqu'elle avait écrit ce mot.

Je veux qu'elle voie les endroits que j'aime.

Il reposa le dossier et ferma à nouveau les yeux. Ces souvenirs étaient importants mais les découvrir de cette façon lui semblait incomplet. Il voulait les entendre de la voix d'Alicia et percevoir son émotion. Il voulait lui poser des questions et se délecter de ses réponses. Il voulait plus.

Mais quoi exactement ?

Le cœur battant, Graciano se leva de son bureau et se rendit à la fenêtre pour contempler la vue.

Dix ans auparavant, il avait cru le pire d'Alicia. Pourquoi n'avait-il pas imaginé qu'elle le défendrait ? À l'époque, elle était une adolescente protégée qui idolâtrait son père.

Comment aurait-elle pu le défier sur le moment ?

Mais elle avait aussi aimé Graciano.

Il soupira tandis que la vérité s'imposait à lui, implacable. Alors qu'Alicia l'aimait, il n'avait pas hésité à la juger. À la détester. Et, deux nuits auparavant, il avait été sur le point de commettre la même erreur.

Camper à nouveau sur ses préjugés et voir le pire dans les actions d'Alicia.

Ne pas l'écouter.

La laisser tomber, tout simplement.

Soudain, une grande lassitude s'empara de lui. Plus il examinait la situation, plus il s'apercevait à quel point il avait fait fausse route. Et tout gâché.

Alicia fixa le SMS pendant plusieurs secondes.

Est-ce que tu as une minute ?

Cela ressemblait tellement à Graciano. Bref et direct. Et surtout confus. Depuis qu'il était sorti de chez elle deux jours auparavant, elle ne cessait de se tourmenter.

Qu'avait-il voulu dire ? À quoi avait-il besoin de réfléchir ?

Elle se rappela sa réaction à l'hôpital et sa menace de lui enlever Annie pour la punir.

Puis elle se souvint de la façon dont il lui avait fait l'amour et de la douceur dont il avait fait preuve ensuite.

Il ne pouvait pas être aussi cruel...

Elle saisit son téléphone.

Oui, je suis disponible.

Il était près de 22 heures mais Alicia n'avait aucune envie d'aller se coucher. Elle tenait son téléphone dans la main, s'attendant à ce qu'il sonne d'un instant à l'autre mais, soudain, elle entendit frapper à la porte d'entrée. Elle se leva d'un bond, le cœur battant, et s'empressa d'aller ouvrir. Graciano se tenait sur le seuil et il lui lança un regard d'une telle intensité qu'elle rougit instantanément.

— Je m'attendais à ce que tu m'appelles, dit-elle doucement.

— Tu aurais préféré que je le fasse ?

Elle hésita, surprise par sa question.

— Tu es là maintenant, fit-elle en jetant un œil par-dessus son épaule. Annie dort.

— C'est ce que je me suis dit, déclara Graciano. Ce que je veux te dire nous concerne, toi et moi. Pas notre fille.

Notre fille. Alicia frissonna en l'entendant prononcer cette formule pour la première fois.

Elle ouvrit grand la porte pour le laisser passer et remarqua avec émotion qu'il tenait le dossier sur Annie dans les mains.

Il la suivit jusqu'au salon et elle baissa les yeux vers la table basse sur laquelle était posé le verre de vin qu'elle s'était servi un peu plus tôt.

— Je peux t'offrir un verre ?

— Avec plaisir.

Elle passa devant lui pour rejoindre la cuisine, et le fait de le frôler fit naître une vague de désir intense entre ses jambes. Elle mourait d'envie de le toucher et de se serrer contre lui mais elle se retint.

Elle lui servit un verre de vin et le lui tendit par-dessus le bar. Il le prit et retourna près du canapé, sans pour autant s'asseoir. Alicia se saisit de son verre sur la table basse et elle le porta à ses lèvres pour en boire une gorgée.

— Tu voulais me parler ?

Graciano plongea son regard brûlant dans le sien.

— Je crois qu'il est important que l'on discute. Pas toi ?

Elle prit une grande inspiration, la gorge nouée. Elle ne savait absolument pas à quoi s'attendre, aussi se contenta-t-elle de hocher la tête et de venir s'asseoir sur un bord du canapé, le cœur battant. Sur la défensive. Méfiante.

Graciano posa le dossier sur la table basse et le fixa quelques instants avant de lever les yeux vers Alicia. Il devinait que la jeune femme était en proie à un stress intense, et le fait de savoir qu'il en était la cause le bouleversait comme jamais.

— Je n'ai pas l'intention de t'enlever Annie, déclara-t-il sans préambule.

Les yeux d'Alicia s'écarquillèrent et l'expression de soulagement intense qui s'afficha sur son visage aux traits tirés lui brisa le cœur.

— Je ne sais pas ce qui m'a pris de te dire ça. Je suis vraiment désolé.

Elle entrouvrit les lèvres et pencha son visage pâle vers lui.

— Je ne comprends pas, murmura-t-elle. Que veux-tu dire... ?

— Je n'ai pas eu beaucoup d'occasions de te voir interagir avec notre fille, poursuivit-il. Mais je te connais et je sais quel genre de mère tu es. Tu lui as tout donné, je l'ai vu, ajouta-t-il en désignant du doigt le dossier.

Les yeux d'Alicia se remplirent de larmes, et Graciano détourna le regard. Il détestait la voir bouleversée. Il avait toujours détesté cela. Tant de choses s'étaient clarifiées dans son esprit au cours des dernières vingt-quatre heures que maintenant, il se demandait comment il avait pu être si étranger à lui-même, à ses sentiments – comment il avait pu laisser le temps et le succès le changer si complètement.

— Es-tu en train de m'annoncer... que tu t'en vas ? demanda-t-elle en le fixant de ses yeux mouillés.

— Quoi ?

— Tu renonces à faire partie de sa vie, finalement ? ajouta-t-elle d'une voix tremblante.

Graciano jura en espagnol, puis il se dirigea vers Alicia et s'accroupit devant elle pour que leurs visages soient au même niveau.

— Ce n'est absolument pas ce que je veux dire, fit-il à voix basse en la regardant dans les yeux.

— Mais alors quoi ?

Il marqua une pause avant de répondre.

— Il faut que je t'explique, murmura-t-il. Tu te souviens quand je t'ai dit à quel point cela avait été dur de quitter Séville après ce matin-là ? Je ne savais plus qui j'étais, *querida*. Sans toi, plus rien n'avait de sens. Sans que je m'en rende compte, tu étais devenue une partie de moi, cet été-là. Et, même après mon départ, tu es restée en moi. Ça m'a rendu fou et j'ai tout fait pour te chasser de mon esprit et de mes rêves. Je n'avais pas le choix. Je devais être fort, sinon je serais revenu vers toi et j'aurais tout risqué, même la prison, pour être à tes côtés.

— Jamais je n'aurais laissé cela arriver !

— Ton premier instinct a été le bon. Tu étais impuissante face à ton père.

— Il s'est trompé.

— Oui, déclara Graciano. Mais moi aussi.

Elle cligna des yeux en le regardant puis elle but une gorgée de vin trop vite et toussa un peu.

— Pourquoi ? finit-elle par demander.

— Mon honneur était en jeu, et je me suis enfui alors que j'aurais dû rester et me battre. Je suis parti et je t'ai laissée tomber. Je n'ai pas été à la hauteur de la foi que tu avais en moi et de l'amour que tu m'avais donné. Je suis désolé...

Alicia ne faisait plus aucun effort pour dissimuler ses larmes à présent.

— C'était il y a si longtemps, murmura-t-elle d'une voix tremblante.

— Vraiment ? répliqua-t-il. Parce qu'il me semble pourtant que cet échec continue à nous hanter tous les deux chaque jour qui passe.

Elle détourna le regard.

— Dis-moi une chose, Alicia. As-tu été avec un autre homme depuis moi ?

Elle écarquilla les yeux, et il vit qu'elle hésitait à répondre. Puis elle secoua lentement la tête en rougissant.

— Mais toi oui, fit-elle. Tu as connu beaucoup d'autres femmes...

— C'est vrai, admit-il et, en la voyant pâlir, il se sentit coupable. Physiquement, en tout cas. Mais je n'ai jamais eu de sentiments pour une autre que toi.

Le visage marqué par la frustration, elle se leva et il fit de même.

— Je n'ai pas été avec un autre homme que toi, Graciano, et je ne dis pas cela pour flatter ton ego. Tu m'as brisé le cœur. Comment aurais-je pu m'ouvrir à un autre alors que j'étais dévastée ? Jamais je ne pourrai croire en un autre homme, ni aux contes de fées, ajouta-t-elle en secouant la tête dans un mouvement de colère évidente. Chaque jour passé avec Annie est un privilège et une souffrance. Je l'aime infiniment depuis qu'elle est née mais elle est aussi un rappel constant de ton existence...

— Je ne t'ai pas oubliée non plus, Alicia, dit-il vivement. Tu es la seule femme que j'aie aimée. La seule à qui je me sois vraiment donné. Si je t'ai brisé le cœur, sache que tu as volé le mien.

Elle s'écarta de lui, et il comprit à l'expression de son visage qu'elle était toujours en colère.

— Arrête, Graciano, je t'en prie ! s'exclama Alicia. Je ne suis pas une idiote, alors cesse de me traiter comme telle.

— Que veux-tu dire ?

— Tes avocats t'ont-ils conseillé de ne pas réclamer la garde exclusive ? C'est pour cette raison que tu te montres plus tendre avec moi ?

Il la regarda, surpris. Il avait encore un bout de chemin à faire pour regagner sa confiance.

— Tu n'as pas besoin d'être gentil, poursuivit-elle d'une voix faible. Je n'ai jamais eu l'intention de t'éloigner d'Annie. Si tu veux la voir, je suis d'accord, tant que ça lui va aussi. C'est tout ce qui importe.

— En fait, mes avocats m'ont prévenu que cela ne se passerait pas forcément comme tu l'imagines, murmura-t-il.

Elle ferma les yeux, et il sentit la peur qui émanait de toute sa personne. Il jura intérieurement et s'approcha d'elle doucement jusqu'à ce qu'elle tressaille.

Ce qu'il pouvait se détester en cet instant...

Pour tout ce qu'il lui avait infligé.

Après toutes les épreuves qu'elle avait dû surmonter seule pour s'en sortir.

Il chercha la meilleure façon de lui expliquer ce qu'il était venu lui dire et opta finalement pour la solution la plus simple.

— Je t'aime.

Le visage d'Alicia se contracta.

— Il y a dix ans, tu es devenue une partie de moi-même et tu l'es toujours, reprit-il. Je veux Annie dans ma vie mais je te veux aussi. C'est ce que j'étais venu t'annoncer.

Elle resta silencieuse et il patienta jusqu'à ce qu'elle secoue tristement la tête.

— Ce n'est pas vrai, fit-elle et il fronça les sourcils. L'autre soir dans ton appartement de Knightsbridge, avant que tu apprennes l'existence d'Annie, tu m'as dit que tu voulais que nous couchions ensemble pour pouvoir te débarrasser de cette histoire qui traînait entre nous. Tu n'avais pas l'intention de me faire une place dans ta vie.

Il jura à haute voix, cette fois.

— Ce n'était pas ce que je ressentais. Mais j'étais trop idiot pour le comprendre alors.

Elle marqua une pause.

— As-tu la moindre idée de ce que c'est que d'être un parent célibataire ? demanda-t-elle.

Il secoua lentement la tête.

— C'est dur, murmura-t-elle en étouffant un sanglot. Tous les jours. Et c'est aussi merveilleux et gratifiant. Je me suis battue pour en arriver là et lui offrir ça, ajouta-t-elle en désignant l'espace autour d'elle. J'aime notre fille et je ferai tout pour qu'elle soit heureuse.

Une pointe de souffrance transperça Graciano, et il lutta pour garder son calme. Elle ne le croyait toujours pas. Elle ne comprenait pas.

— Réponds-moi, murmura-t-il en reposant son verre sur la table. Es-tu amoureuse de moi, Alicia ?

Elle rejeta la tête en arrière et ferma les yeux. Il patienta, sachant qu'elle était incapable de mentir. C'était un piège injuste, mais nécessaire.

— Je... je suis réaliste, finit-elle par répondre dans un souffle. Je comprends les limites de notre situation.

— Vraiment ? fit-il. Parce que, quand je regarde au fond de mon cœur, je ne vois que des possibilités. Pendant dix ans, je t'ai fuie en détestant chaque jour qui passait. Même mes plus grands succès ont été éclipsés par ma souffrance. Tu es mon âme sœur, je le sais, et j'ai combattu cette certitude au point de me perdre moi-même. Alors imaginer un avenir avec toi et notre fille est au contraire très réaliste, si nous avons le courage de l'accepter tous les deux.

— Ne me parle pas de courage ! s'écria Alicia. J'ai été courageuse quand j'ai découvert que j'attendais notre bébé et que j'ai tenté de le dire, encore et encore. Quand tu m'as dit ces choses horribles avant d'enchaîner les liaisons en Espagne. Quand tu as gravi tous les échelons du succès alors que je mettais mes ambitions professionnelles de côté pour avoir mon bébé. As-tu la moindre idée de ce que j'ai vécu en accouchant seule, dans cet hôpital ? Et puis Diane est entrée dans ma vie et j'ai enfin eu quelqu'un de proche pour m'épauler. Crois-moi, j'ai fait preuve de courage pendant longtemps, acheva-t-elle en le fixant avec un air de défi, les lèvres tremblantes.

— Je déteste que tu aies dû traverser ces épreuves sans moi, gémit-il en soutenant son regard. Que puis-je dire ou faire à présent, Alicia ? J'ai eu tort de bout en bout. Chaque jour où j'ai combattu mon manque de toi, je t'ai blessée. Je le reconnais et je veux y remédier. J'ai gâché ces dix dernières années mais je vais me battre pour notre avenir.

Elle trembla et prit une grande inspiration.

— J'ai tellement peur, Graciano, avoua-t-elle. Après ton départ, je suis devenue une autre personne. Je ne sais pas si je peux te faire confiance à nouveau…

— Je sais. Je ne te demande pas cela tout de suite, ajouta-t-il à voix basse en s'approchant d'elle.

— Alors que souhaites-tu de moi ?

— Que tu m'accordes un rendez-vous galant, fit-il en levant un doigt. Un seul. Si cela te plaît, je t'en proposerai un autre. Puis un autre. Il y en aura autant qu'il faudra pour que tu comprennes que mon amour pour toi est aussi réel qu'il l'était il y a dix ans. Pour que tu comprennes à quel point je suis désolé. Je ne te décevrai plus jamais, *querida*.

— Et Annie ?

— Pour l'instant, elle ne me connaîtra que comme ton ami, déclara-t-il, conscient qu'il était important de ne pas brusquer Alicia à ce sujet. J'aimerais la rencontrer. Si tu es d'accord, bien entendu.

Elle hocha la tête doucement et baissa les yeux vers le dossier posé sur la table basse. Graciano devinait l'incertitude qui la tenaillait. Il fit un pas vers la porte.

— Tu me donneras tes disponibilités et je te proposerai une date, d'accord ?

Alicia se mordit la lèvre inférieure.

— Je... c'est d'accord. Veux-tu que nous le regardions ensemble ? ajouta-t-elle en désignant le dossier.

Une bulle d'espoir insensé jaillit dans la poitrine de Graciano, et son cœur se mit à battre à toute vitesse.

— Tu es sûre ?

— Oui, fit-elle. J'ai envie de partager ça avec toi.

Au moment où ils atteignirent les photos du sixième anniversaire d'Annie, il était presque minuit. Les mots que Graciano avait prononcés revenaient sans cesse à l'esprit d'Alicia.

Elle referma le dossier et leva le visage vers lui. Ils étaient si proches l'un de l'autre qu'elle eut un mal fou à se retenir de l'embrasser.

— Tu sais, déclara-t-elle sans parvenir à détacher son regard des lèvres de Graciano, la vérité est que je t'aime.

Et, plus qu'une lueur de victoire, elle vit briller du soulagement dans le regard qu'il lui lança.

— C'est une excellente nouvelle, commenta-t-il.

— Et puis, je ne suis jamais sortie avec un homme et je dois dire que cette idée m'amuse beaucoup, confia-t-elle avec un petit sourire en coin.

— Tu mérites que l'on te traite comme la princesse que tu es, murmura-t-il avant de déposer un baiser sage sur les lèvres d'Alicia. Merci, ma chérie.

— De quoi me remercies-tu ?

— De m'accorder une seconde chance alors que je ne la mérite pas.

— Tout le monde mérite une seconde chance.

Épilogue

— Je pensais que tu parlais d'aller voir un film ou de faire une petite promenade après le dîner ?

— Si tu préfères, nous pouvons aller marcher, répondit Graciano en s'adossant légèrement au dossier de la banquette sur laquelle ils étaient assis.

Le plus naturellement du monde, Alicia se blottit au creux de son épaule et elle lui lança un regard heureux.

— Peut-être, fit-elle en souriant. Nous déciderons plus tard.

Les étoiles scintillaient au-dessus de leur tête, plus visibles ici, dans la campagne espagnole, qu'à Londres. Elle les contempla et se souvint qu'elle avait fait de même, la nuit où ils avaient fait l'amour, des années auparavant.

Graciano avait quasiment recréé la même soirée, jusqu'à son gâteau d'anniversaire à la fraise, mais il avait ajouté au menu une bouteille de champagne et quelques chocolats fins.

Il était propriétaire du domaine dans lequel ils se trouvaient. Ils avaient passé l'après-midi à le visiter, d'abord la vieille maison en pierre puis la ferme. Ils avaient rendu visite aux poules, aux lamas et aux chèvres puis rencontré l'employé qui s'en occupait.

— Je ne savais pas que tu aimais à ce point les animaux, déclara Alicia.

— Je les ai toujours aimés, répondit Graciano. Enfant, je voulais être vétérinaire.

— Tu plaisantes ?

— Non. Quand j'étais petit, nous avions une chienne, Brisa, qui ne s'arrêtait jamais. D'où son nom.

— Brise ?

— Oui, acquiesça Graciano en déposant un petit baiser sur le nez d'Alicia. Nous n'arrivions pas à la calmer et, un jour, elle s'est échappée et s'est fait heurter par une voiture.

Alicia se tourna vers lui, le visage empreint de tristesse.

— C'est moi qui l'ai découverte, poursuivit-il. J'ai essayé de la sauver, en vain. Six mois après, l'accident de voiture a eu lieu. J'ai vu mes parents mourir. Ensuite, je me suis dit qu'il fallait que je devienne fort, pour pouvoir aider les gens. Un rêve de gamin.

— Pas tant un rêve que ça. Grâce à ta donation, McGiven House a sauvé beaucoup de familles d'un destin parfois pire que la mort.

— C'est une bonne association, fit-il en lui serrant la main.

— Ils aident les personnes qui en ont le plus besoin, précisa-t-elle.

— Des personnes comme tu l'as été à l'époque ?

— Oui, confirma-t-elle en hochant lentement la tête.

Graciano tressaillit et elle devina qu'il était bouleversé. Elle se leva et l'embrassa doucement. Il l'enlaça et la serra fort contre lui.

— J'ai une idée pour notre prochain rendez-vous, annonça-t-il.

— Quoi donc ?

— Surprise !

Trois jours plus tard, Graciano ramena Alicia en Espagne et, cette fois, ils se rendirent au siège de sa propre association caritative.

— J'ignorais que tu avais créé tout cela ! s'exclama-t-elle, impressionnée.

— C'est intentionnel. Je ne veux pas que les gens connaissent ce volet de ma personnalité.

— Tu as peur de passer pour un philanthrope ? le taquina-t-elle avec un sourire.

Graciano mit quelques instants à répondre.

— L'argent est un fardeau, finit-il par déclarer. J'ai plus que je ne pourrai jamais en dépenser, alors autant aider ceux qui en ont réellement besoin.

— Tu as un grand cœur, répliqua Alicia en soupirant d'amour.

— Mon cœur est à toi.

— Je sais.

Pour leur cinquième rendez-vous, Graciano se présenta exprès plus tôt que prévu chez Alicia qui s'habillait encore dans sa chambre.

Diane était dans la cuisine où elle préparait un dîner pour Annie et elle. La petite fille était plongée dans ses devoirs à l'étage.

— Je voulais vous parler, annonça Graciano à Diane en entrant dans la cuisine.

Même si l'amie d'Alicia s'était toujours montrée polie à son égard les quelques fois où il l'avait croisée, il savait qu'il avait encore du chemin à parcourir pour gagner sa confiance. Diane avait vu Alicia blessée. Elle l'avait soutenue durant chacune des épreuves qu'elle avait traversées et, pour cela, Graciano lui en serait éternellement reconnaissant.

— Oui ? répondit la pédiatre d'un ton poli mais froid, et il eut un mal fou à ne pas esquisser un sourire.

— Vous connaissez mes sentiments pour Alicia.

Diane releva un sourcil.

— Vous croyez ?

— *Si.*

— La question la plus importante n'est-elle pas de savoir si elle, les connaît ?

— Je suis d'accord, fit-il. C'est pour cette raison que ce soir, je compte m'assurer que ce soit le cas.

Sur ces mots, il sortit un écrin noir de sa poche qu'il posa délicatement sur le comptoir du bar.

Diane baissa les yeux vers la petite boîte. Elle hésita une seconde, puis elle la prit dans ses mains et l'ouvrit.

— Mon Dieu ! chuchota-t-elle. J'ai peur d'être aveuglée…

— C'est trop ? demanda Graciano, le cœur battant.

Diane éclata de rire.

— Je pense que ce sera visible de la lune !

Il la regarda, hésitant.

— Je devrais peut-être aller la changer…

— Mais non, elle est parfaite, dit Diane en posant sa main sur celle de Graciano. Je vous taquine mais, après tout, vous le méritez bien, non ? Alicia va adorer.

— Je voudrais juste qu'elle sache… qu'elle comprenne vraiment…

— Ce sera le cas.

Graciano expira lentement, puis il reprit l'écrin que lui tendait Diane.

— Donc, j'ai votre approbation ?

— Êtes-vous en train de me demander la main d'Alicia ?

Graciano haussa les épaules, ne sachant que répondre. Il se sentait un peu stupide.

Soudain, depuis sa chambre, Alicia demanda ce qui se passait et Diane éclata de rire quand Graciano lui fit signe de ne rien dire.

— Désolée, chuchota-t-elle en souriant. Ce n'est certainement pas à moi de vous donner cette permission. Alicia est une femme indépendante et elle l'a toujours été. Mais si vous me demandez mon avis personnel, la réponse est oui, acheva-t-elle, les yeux brillants.

Graciano ne put réprimer un soupir de soulagement.

— J'ai vu à quel point vous la rendiez heureuse, poursuivit la pédiatre. Ces dernières semaines, j'ai compris que, depuis tout ce temps, elle vous attendait. Ne la décevez pas plus longtemps.

L'hélicoptère arriva au-dessus de l'île et Alicia, les yeux bandés à côté de lui, commença à gigoter d'excitation dans son fauteuil. Graciano ne put s'empêcher de sourire.

Ils s'aimaient de façon réciproque et absolue et, ce soir, il avait l'intention de l'officialiser.

Pourvu que sa demande ne soit pas trop prématurée et qu'elle accepte...

Et sinon, peu importe, il attendrait le temps qu'il faudrait. En l'aimant aussi longtemps qu'elle le laisserait faire.

— Où sommes-nous ? demanda-t-elle dans un sourire et, à la vue de ses lèvres pleines et recourbées, Graciano ne put s'empêcher de se pencher pour l'embrasser doucement. Où que ce soit, je suis heureuse, ajouta-t-elle dans un souffle contre sa bouche.

— Tant mieux.

L'appareil se posa sur le sol et, quelques instants plus tard, la porte s'ouvrit.

— Tu es prête ?

— Oh oui !

Graciano lui enleva le bandeau des yeux au moment où la voiturette de golf arrivait à leur niveau, et Alicia mit quelques secondes à comprendre ce qui se passait.

— Nous sommes sur ton île ?

— Quelqu'un a organisé une fête très raffinée. Je ne voulais pas que son travail soit perdu.

Elle fronça les sourcils, confuse.

— Tu veux que je sois ta cavalière pour la soirée ?

— C'est toi, la soirée.

Elle le fixa, stupéfaite.

— C'est... tu ne peux pas être sérieux.

Et pourtant c'était vrai. Tout ce qu'Alicia avait programmé

avait été adapté pour convenir à deux personnes. Et quand le bateau quitta la rive pour lancer le feu d'artifice, Graciano se mit à genoux devant elle et lui saisit la main pour attirer son attention.

— Il n'y a personne sur cette terre que j'aime autant que toi. Dès notre première rencontre, j'ai su que tu étais mon âme sœur. J'ai été stupide et arrogant, et je ne pourrai jamais changer le passé, mais tu es mon avenir, Alicia. Annie et toi êtes le sens de ma vie. J'ai perdu dix années mais je ne veux pas perdre un jour de plus, alors acceptes-tu de devenir ma femme ?

Alicia regarda d'abord Graciano, puis elle baissa les yeux vers la bague dans l'écrin qu'il avait ouvert, et des larmes de bonheur scintillèrent dans ses yeux.

— Quand je pense à toutes ces nuits que j'ai passées à me languir de toi, à me demander où tu étais, à t'aimer sans but ni espoir...

— Il y a toujours de l'espoir avec un cœur aussi généreux que le tien, corrigea-t-il en se levant pour l'attirer dans ses bras.

Il fit glisser la bague au doigt d'Alicia et elle la contempla, hypnotisée par l'énorme pierre étincelante mais aussi par l'avenir qui se dressait devant eux.

Tout était merveilleusement parfait.

Un an plus tard, Mme Alicia Cortéz eut la joie d'annoncer à son mari qu'ils allaient être parents à nouveau. Et cette fois-ci, ils partageraient chaque étape de cette aventure. Ils vivaient entre Londres et l'Espagne. Tous deux auraient préféré déménager en Espagne à plein temps, mais Annie avait une vie à Londres, et il y avait Diane à considérer. La pédiatre était désormais une amie aussi chère à Graciano qu'elle l'avait toujours été à Alicia. Lorsque leur petit garçon naquit, quelques mois après, ce fut Diane qui supervisa les soins et, un mois un tard, elle fut nommée marraine de leur fils.

Un troisième bébé les bénirait un jour mais, avant sa naissance, Graciano reçut un coup de téléphone qui allait changer sa vie pour toujours.

Il répondit à l'appel à la troisième sonnerie, alors qu'il contemplait, émerveillé, Alicia et leur fille jouer avec leur petit garçon.

— Monsieur Cortéz ?

— Lui-même.

— C'est Caleb James.

Graciano marqua une pause, confus.

— L'enquêteur de Washington.

Voilà bien longtemps que Graciano avait oublié l'existence de cet homme, qu'il avait engagé pour retrouver son frère disparu.

— Oui, bien sûr. Que se passe-t-il ?

— Je pense que j'ai quelque chose.

Graciano se redressa immédiatement.

— Vous pensez ou vous en êtes sûr ?

Du coin de l'œil, il vit qu'Alicia l'observait, curieuse. Elle avait deviné à sa voix que c'était important.

— J'en suis sûr à 99 %, répliqua l'enquêteur.

— Je vous écoute.

— Je crois que votre frère est à Savisia.

— Au Moyen-Orient ? Mais pourquoi ?

— Je suis toujours dessus mais, pour l'instant, ma théorie tient la route.

— Je ne veux pas qu'elle tienne la route, s'emporta Graciano, le cœur battant. Je veux du solide.

— Laissez-moi vous dire ce que je sais, reprit Caleb James. Au moment de l'accident, le cheikh de Savisia était en voyage en Espagne avec sa jeune épouse. Nous savons qu'ils ont fait don d'une grosse somme à l'hôpital pour que tout ne figure pas dans les registres, et votre frère semble être reparti avec eux. Tout correspond, les dates, leur visite, le virement de deux millions de livres.

Graciano ferma les yeux.

— Mon frère a disparu des radars, murmura-t-il. Cela expliquerait pourquoi aucune agence d'adoption n'a entendu parler de lui et pourquoi je n'ai jamais réussi à le retrouver. Qu'en est-il de la piste américaine ?

— Le couple royal a utilisé le jet privé d'un sénateur américain pour quitter le territoire. Une faveur diplomatique.

Graciano jura doucement.

— J'ai une photo de lui, ajouta l'enquêteur.

— Envoyez-la-moi.

L'homme marqua une pause.

— Je vais le faire. Mais avant, il faut que vous sachiez deux choses. La première, c'est que votre frère a subi un fort traumatisme durant l'accident et il est possible que sa mémoire ait été endommagée.

— Voilà pourquoi ma visite l'avait tant perturbé, fit Graciano. Quelle est la seconde ?

— Votre frère est désormais le cheikh régnant de Savisia. Il n'accueillera pas forcément bien le fait que son passé resurgisse et mette en péril son droit au trône...

Graciano agrippa fermement son téléphone et jeta un regard éperdu d'amour à sa famille.

— Si, déclara-t-il. Tout se passera bien.

— Comment pouvez-vous en être aussi sûr ?

— Parce que, depuis peu, je crois aux secondes chances.

Vous avez aimé ce roman ?
Découvrez le frère de votre héros dès le mois d'avril
dans votre collection Azur !